Tina Kresse, Susanne McCafferty, Katrin Teschner

Das Übungsheft Französisch 4

On apprend le français

nom : ______________________________

classe : ____________

Champion de français

Champion de français	page	date	☺ 😐 ☹
1	15		
2	28		
3	35		
4	51		
5	61		
6	64		

Mildenberger

Table des matières

1

Bonjour. Je m'appelle Jeanne. J'habite à Lyon. J'ai un chat.

Bonjour. Je m'appelle Léo. J'habite à Lyon. J'ai une araignée.

Bonjour. Je m'__________ Kenza. J'habite à Lyon. J'ai un cochon d'Inde.

Bonjour. Je m'__________ Victor. J'habite à Lyon. J'ai un chien.

Bonjour. Je m'__________ Noémie. J'habite à Lyon. J'_____ un hamster.

Bonjour. Je _____' __________ Karim. J'habite à Lyon. J'_____ un rat.

Bonjour. _____ _____' __________ Paul. J'habite à Lyon. J' _____ une perruche.

Bonjour. _____ _____' __________ Camille. J'habite à Lyon. J'_____ un perroquet.

__________. _____ _____' __________ Louis. J'habite à Lyon. J'_____ une tortue.

__________. _____ _____' __________ Samuel. J'habite à Lyon. J'_____ une souris.

2

Et toi ? Tu t'appelles comment ? Je m'appelle ____________________.

1

Salut. Je m'appelle Zoë. J'ai 10 ans.

Tu habites où, Zoë ?

J'habite à Lyon.

Salut. Je m'__________ Julien.
J'____ 9 ans.

Tu habites où, Julien ?

J'__________ aussi à Lyon.

2

Zoë a 10 ans. Elle habite à __________.

Julien a 9 ans. Il __________ aussi à Lyon.

3

C'est Cléo, mon __________. Il a 11 ans
et il __________ __________ à Lyon.

4

Et toi ? Tu habites où ? J'habite à ______________________________.

Tu as quel âge ? J'ai __________ ans.

1

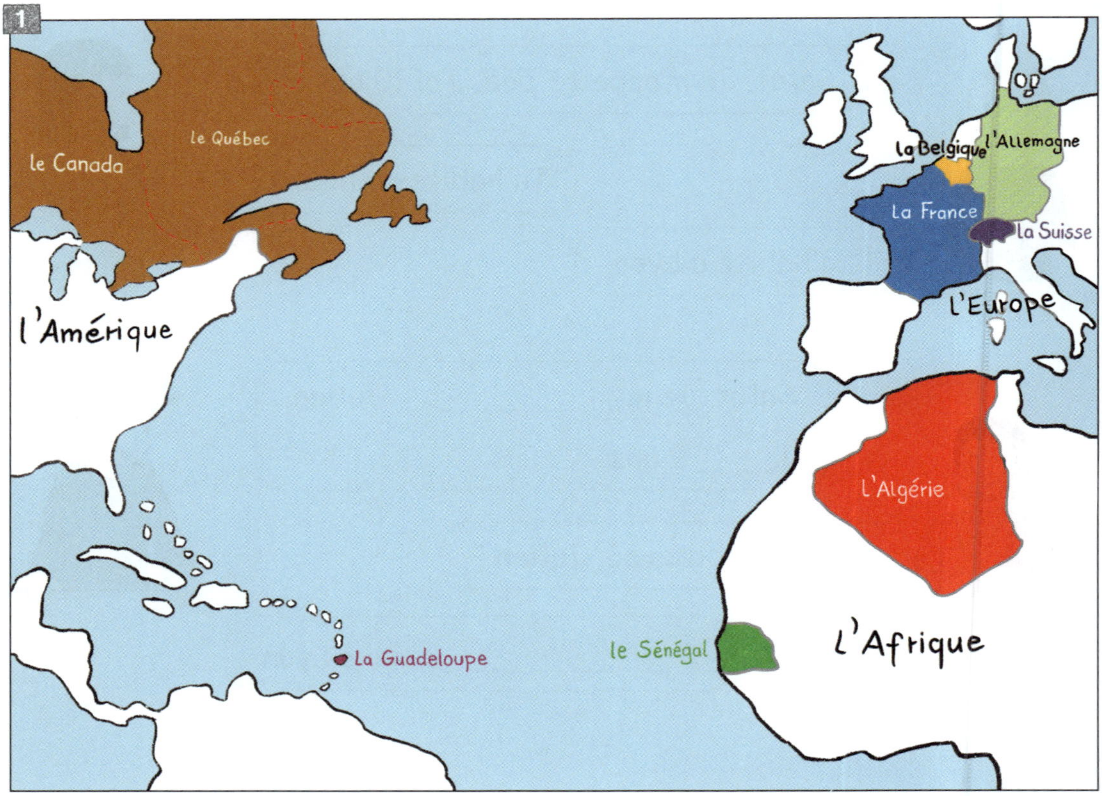

2

 Jeanne est de F r a n c e.

 Karim est d'A _ _ _ _ _ _.

 Léo est du S _ _ _ _ _ _.

 Noémie est du C _ _ _ _ _.

 Kenza est de S _ _ _ _ _.

 Samuel est de B _ _ _ _ _ _ _.

 Camille est de G _ _ _ _ _ _ _ _ _.

1

2

Elle s'_______________ Noémie. 

_________ a _______ ans. 10 _________ a un _______________. 

3

Il s'_______________ Karim. 

______ a _________ ans. 9 ______ a un _______. 

Où est le perroquet ?

1

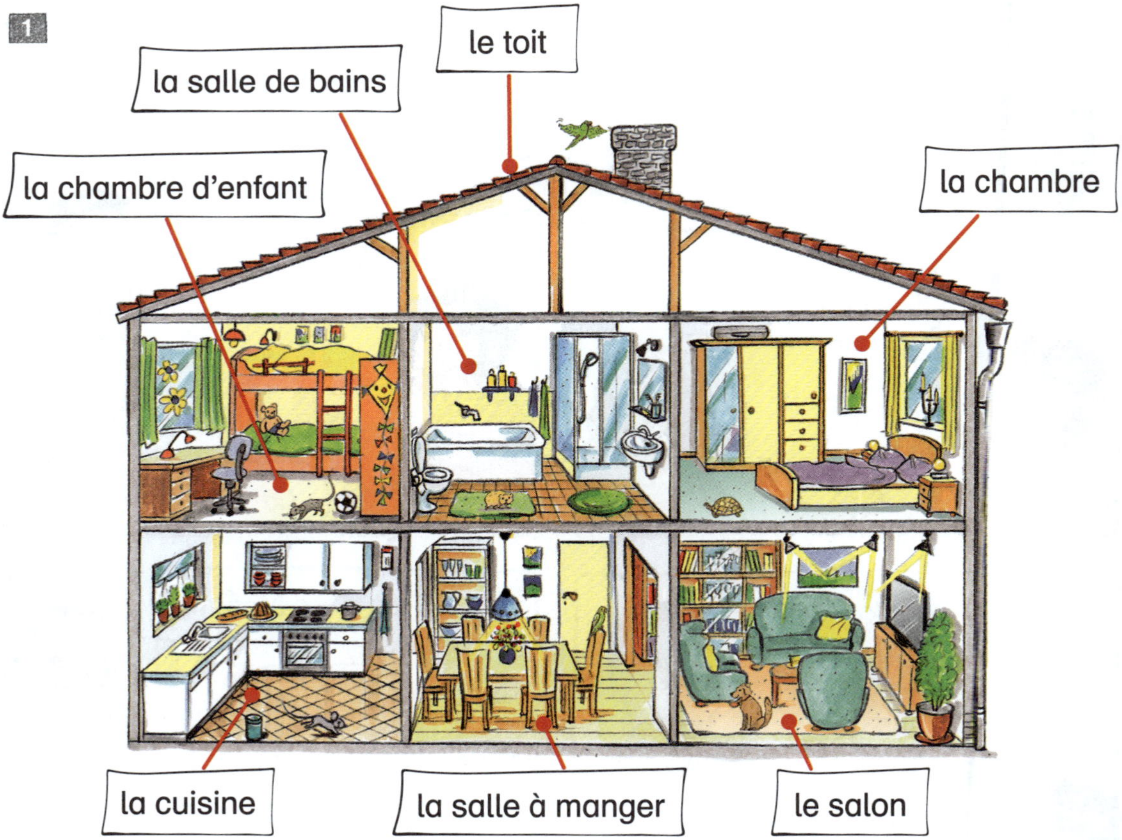

2

Le ___chien___ est dans **le salon**.

La ________ est dans **la cuisine**.

____ ________ est dans **la chambre**.

____ ________ est dans **la chambre d'enfant**.

____ ________ est dans **la salle de bains**.

____ ________ est dans **la salle à manger**.

3

Où est le perroquet ?

____ ________ est sur **le toit**.

1

2

Où est Cléo, le chat ?

 Noémie cherche dans la ________ ____ __________.

 __________ cherche dans ____ __________.

 __________ cherche dans ____ ________ ____ __________.

 __________ cherche dans ____ __________.

 __________ cherche dans ____ __________ ____ ________.

 __________ cherche dans ____ __________.

3

 Cléo, ____ __________, est sur ____ __________.

1 Je cherche le livre.

Le livre est **sur** la commode.

Le livre est **dans** la commode.

Le livre est **sous** la commode.

Le livre est **devant** la commode.

Le livre est **derrière** la commode.

Le livre est **à côté de** la commode.

2 Je cherche le stylo.

Le stylo est __ a __ __ la commode.

Le stylo est __ __ v __ __ __ la commode.

Le stylo est à __ ô __ é __ __ la commode.

Le stylo est __ u __ ______ ________________.

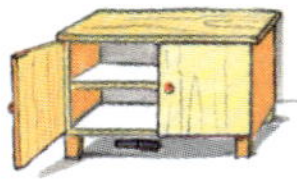

Le stylo est __ __ u __ ______ ________________.

Le stylo est d __ __ __ __ è __ __ ______ ________________.

1

2

Le livre rouge est __sur__ la **cheminée**.

La règle orange est ________________ la **télé**.

La trousse grise est ___________ le **lit**.

Le cahier noir est _____________ l' **armoire**.

Le stylo marron est __ _________ ______ la **table**.

Le cartable bleu est ________________ le **fauteuil**.

La colle jaune est _____________ la **lampe**.

La gomme verte est _________ le **tapis**.

Le crayon violet est _________ le **canapé**.

1

2

Colorie le lit en marron. Colorie le cochon d'Inde en noir.

Colorie le fauteuil en jaune. Colorie le lapin en ________________.

Colorie la table en rouge. Colorie le poisson en ________________.

Colorie la télé en noir. Colorie le perroquet en ________________.

Colorie le tapis en violet. Colorie le chat en ________________.

Colorie la lampe en orange. Colorie la souris en ________________.

Colorie le canapé en gris. Colorie la tortue en ________________.

Colorie l' armoire en vert. Colorie le chien en ________________.

Colorie la cheminée en rose. Colorie l' araignée en ________________.

1 → page 12.

1. la t a b l e (2)

2. le t _ _ i _ (6)

3. ___ _ a _ _ e

4. le c a n a p é (8)

5. l' _ _ _ _ r _ (7)

6. ___ l _ _ (5)

7. ___ _ é _ _ (1)

8. le f a u t e u i l (4)

9. ___ c _ _ _ _ é _ (3)

2

à		a		a				n
	1	2	3	4	5	6	7	8

Où sont les animaux ?

1

2

La perruche est sous la télé.

___ tortue est ___ ___ ___ la ___.

___ poisson est ___ ___ ___.

___ cochon d'Inde est ___ ___ ___.

___ souris est ___ ___ ___.

___ chien est ___ ___ ___.

___ chat est ___ ___ ___.

L' araignée est ___ ___ ___ l' ___.

___ lapin est ___ ___ ___.

1

Salut, je ___' ____________ Jeanne.

J'_____ 10 ans. J'_____ _____ ________. 

J'____________ à Lyon.

2

_____ ____________ est dans _____ ______________.

3

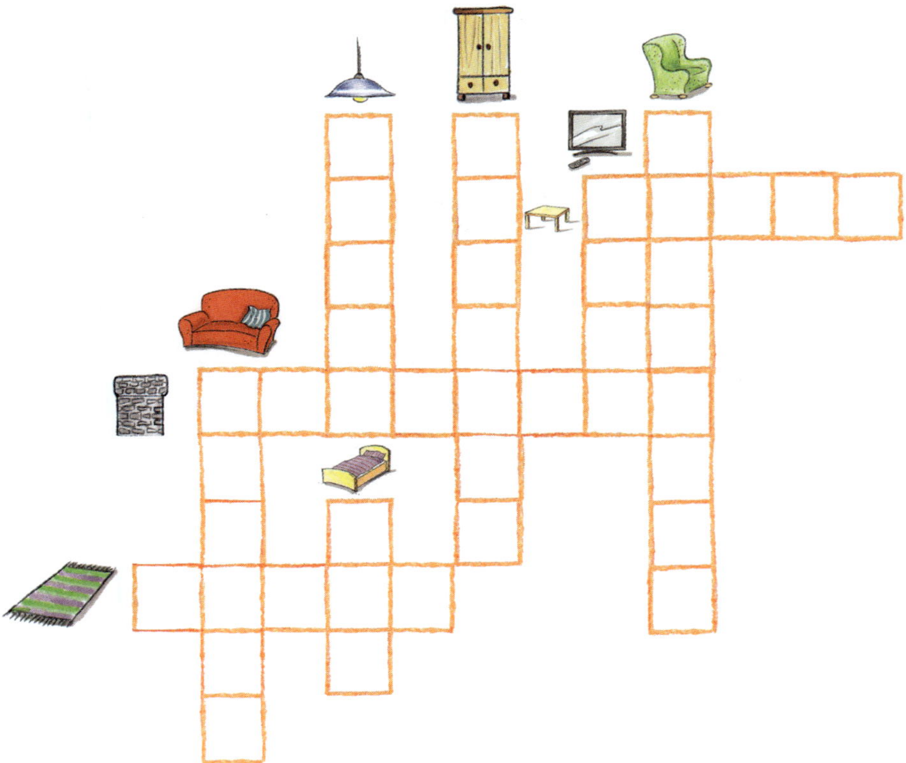

4

La trousse est ____________ la commode.

La trousse est ________ la commode.

La trousse est ___ __________ _____ la commode.

1

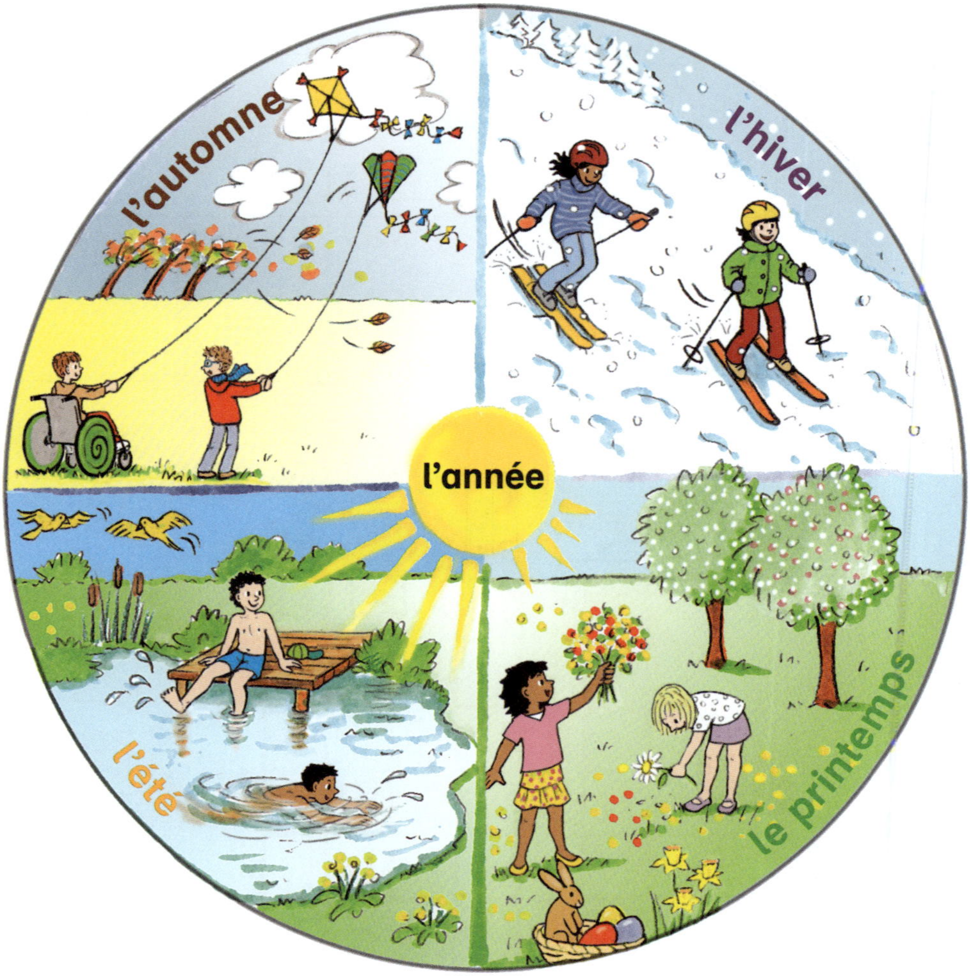

2

Le soleil brille au p r _ _ t e _ p _.

Il fait chaud en é _ _ _.

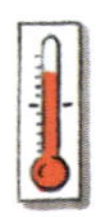

Il y a du vent en a u _ _ _ _ n _.

Il neige en _ i _ _ r.

3

L' au ____________, l' h__________, le p________________, l' é ______,

ce sont les quatre saisons de l'année.

saisons de l'année, météo
travail à deux : « Quels sont les saisons de l'année ? »

1

① Jeanne porte des gants en hiver. •

② Noémie porte une robe au printemps. •

③ Samuel porte un short en été. •

④ Victor porte une écharpe en automne. •

l' | _ | _ | _ | _ | e |

1 2 3 4 5

2

J'aime le printemps
parce que ☀ le soleil brille.

J'aime l'________
parce qu' ____ ________ __________.

J'aime l' ____________
parce qu' ____ ____ ____ ______ ________.

J'aime l' __________
parce qu' ______ ________.

1

Au printemps, je mets

 une j _ p _ ,  un _ - _ _ _ _ _ ,

 des c h a u _ _ e t _ e _ et

 des _ h _ _ s s _ _ _ s .

2

En ________, je mets

 une r _ b _ ,  des s _ _ d _ _ _ s ,

 une _ _ _ q u _ t t _ et  des

_ _ n _ t t _ _ d e s o _ _ _ _ .

3

En ______________, je mets

 un a _ _ _ _ k ,  un p _ n _ _ _ _ _

et  des b _ t t _ s .

4

En ___________, je mets

 un b _ n n _ _ ,  un _ _ _ _ _ _ ,

 une é c h _ _ p _ ,

 un _ _ _ _ _ _ _ _ ,  des _ _ _ _ _ _

et  des _ _ _ t s .

1

Joyeux Anniversaire

janvier	février	mars	avril
3 Louis	9 Victor	5 Karim	21 Paul
mai	**juin**	**juillet**	**août**
30 Camille	19 Léo	15 Samuel	13 Jeanne
septembre	**octobre**	**novembre**	**décembre**
23 Zoë	12 Noémie	8 Julien	21 Kenza

2

L' ___anniversaire___ de Karim, c'est le 5 ___mars___.

L' ______________ de Louis, c'est le 3 ______________.

______ ______________ de Kenza, c'est le 21 ______________.

______ ______________ de Camille, c'est le ______ ______________.

______ ______________ de Samuel, c'est ______ ______ ______________.

______ ______________ de Zoë, c'est ______ ______ ______________.

______ ______________ de Victor, c'est ______ ______ ______________.

______ ______________ de Jeanne, c'______ ______ ______ ______________.

______ ______________ de Noémie, c'______ ______ ______ ______________.

______ ______________ de Paul, ___'______ ______ ______ ______________.

______ ______________ de Julien, ___'______ ______ ______ ______________.

______ ______________ de Léo, ___'______ ______ ______ ______________.

3

Mon anniversaire, c'__________ le ______ ______________.

mois
dialogue : « C'est quand ton anniversaire ? »

1

J'aime le mois de juillet parce qu'

☒ il fait chaud. ☐ il pleut. ☐ il fait froid.

Le mois de juillet est en été.

J'aime le mois d'octobre parce qu'

☐ il pleut. ☐ il y a du vent. ☐ il neige.

Le mois d'_______________ est en _______________.

J'aime le mois de janvier parce qu'

☐ il neige. ☐ il fait chaud. ☐ il y a des nuages.

_____ mois de ___________ est en __________.

J'aime le mois d'avril parce qu'

☐ il fait froid. ☐ il pleut. ☐ il y a des arcs-en-ciel.

_____ mois d'__________ est au _______________.

2

J'aime le mois de ____

parce qu' ____.

Le mois de _______________ est ________ _____________________.

1

2

C'est le 24 décembre, le réveillon de Noël. Il y a  un s _ p _ _

d e _ _ _ l avec  des _ o _ _ _ _ s d e N _ _ _.

Sur la table il y a  des _ _ _ g _ _ s et beaucoup à manger.

Bon appétit et joyeux Noël !

3

4

Dans la nuit du 24 au 25 décembre,  le p _ _ _ _ N _ _ _ _

apporte  les c _ d _ a _ x. Il a  un s _ c,

 une _ u _ _ et  un r _ _ n _.

 La c _ _ _ h _ sonne. Bonne fête et bonne année !

1

t	e	r	a	l	r	z	u	c	a	d	e	a	u
b	o	u	g	i	e	u	t	l	o	e	b	n	m
o	v	d	r	e	n	ö	r	o	e	p	è	r	e
u	h	c	n	w	n	s	a	c	a	e	u	i	k
l	l	v	s	f	e	h	g	h	o	p	q	u	e
e	g	d	g	h	l	o	ö	e	k	l	u	g	e
u	w	s	a	p	i	n	s	d	l	k	o	w	t

2

le cadeau

le ____________

la ____________

le ____________

la ____________

la ____________

le ____________ Noël

le ____________ de Noël

la ____________ de Noël

1

2

 l' é ___ ___ i ___ e
(11, 6, 1)

 le c h ___ m ___ ___ ___
(3, 2)

 ______ f ___ v ___
(5, 7)

 ______ c ___ u ___ ___ n n ___
(9, 13, 4, 10)

 ______ ___ ___ ___
(8, 17, 18)

 ______ ___ ___ ___ n ___
(16, 14, 12, 15)

3

☐☐ 6 j☐☐☐☐☐☐, ☐☐ ☐☐☐☐ l☐s ☐☐☐s

1 2 — 3 4 5 6 7 8 — 9 10 — 11 12 13 14 — 15 — 16 17 18

Il est quelle heure ?

1

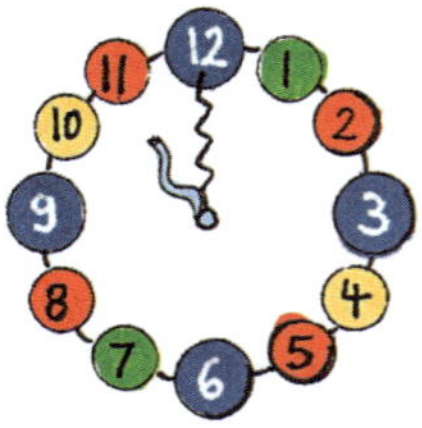

Il est **onze** heures.

Il est **trois** heures.

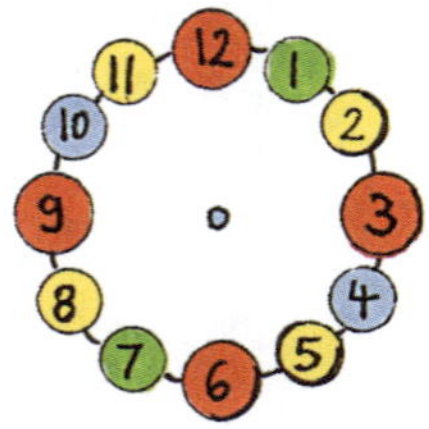

Il est **cinq** heures.

Il est **sept** heures.

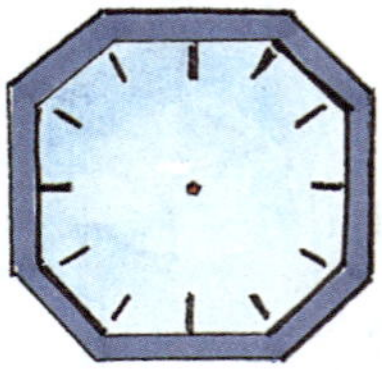

Il est **neuf** heures.

Il est **dix** heures.

Il est **deux** heures.

Il est **six** heures.

2

Il est __________ heures.

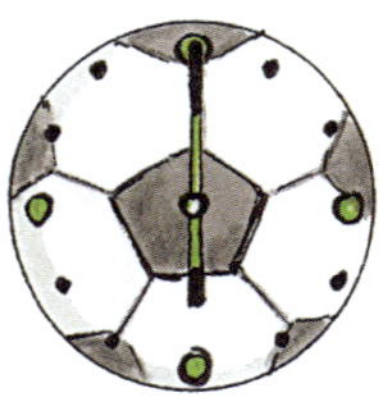

Il est ________ heures.

Il est _________ heures.

3

⚠ Il est **une** heure.

Il est **midi**.

Il est **minuit**.

heure
dictée en ping-pong

1

Il est ________ heures.
Le matin, je vais à l'école.

Il est __________.
A midi, je mange.

Il est ____________ heures.
L'après-midi, je fais mes devoirs.

Il est __________ __________.
Le soir, je lis un livre.

Il est ________ __________. **La nuit**, je dors.

2

Il est huit heures.
Le matin, je vais à l' école.

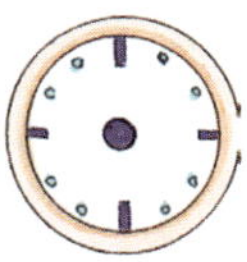

Il est __________.
A __________, je ____________.

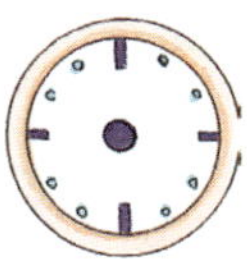

Il est ____________ ____________.
L' __________-__________, je ________ ________ __________.

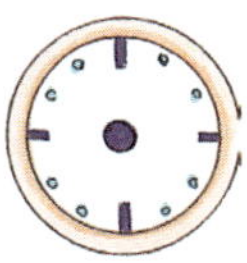

Il est ________ ____________.
Le ________, je ________ ______ __________.

Il est ________ ____________.
La ________, je __________.

Il est quelle heure ?

1

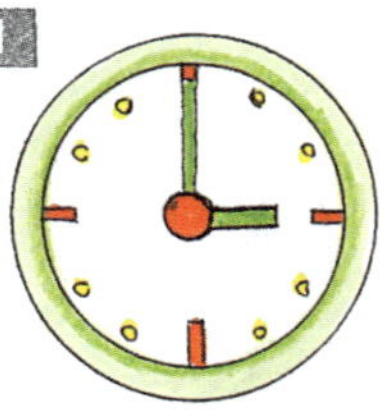

Il est ________ ________.

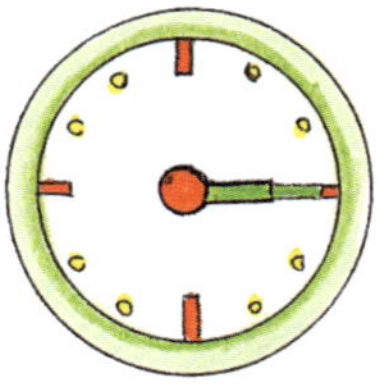

Il est trois heures **et quart**.

Il est trois heures **et demie**.

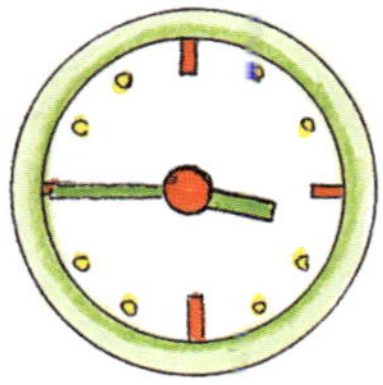

Il est quatre heures **moins le quart**.

2

Il est ________ ________.

Il est trois heures ______ ________.

Il est quatre heures ______ ________.

Il est ________ ________.

Il est ________ heures ______ ________.

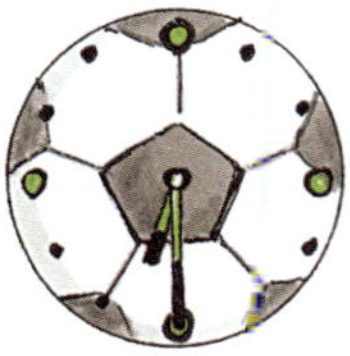

Il est ______ ________ ______ ________.

Il est midi ______ ________.

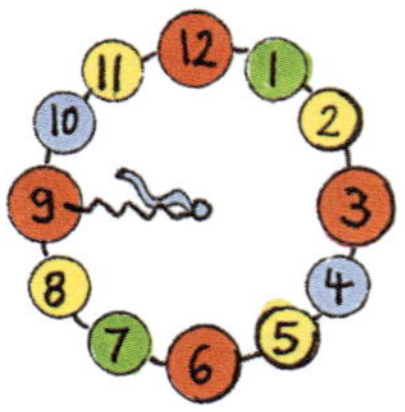

Il est dix heures ________ le ________.

Il est ________ heures ________ ______ ________.

heure
dialogue : « Il est quelle heure ? »

1

2

Il est ________ heures ________ _____ ________.

Il est ________ ____________.

Il est ________ ___________ et ________.

Il est ________ ____________ _____ ________.

Il est ________ ________ ________ _____ ________.

1

L' au __________, l' h_________, le p______________, l' é _____

ce sont les quatre saisons de l'année.

2

Mon anniversaire, c'est le _________ ______________________________.

3

4

☐☐☐☐☐ fête !

5

Il est _________

_____________.

Il est _______ ___________

_____ ___________.

Il est _________

_____ ___________.

6

_____ ___________, je vais à l'école.

L' ___________ - ___________, je fais mes devoirs.

_____ _________, je dors.

1

lundi	mardi	mercredi	jeudi	vendredi	samedi	dimanche
Kenza	Karim	Jeanne	Camille	Paul	Léo	
					Zzz	

2

Mon jour préféré, c'est le ______________ parce que **je fais de la danse.**

Mon jour préféré, c'est le ______________ parce que **je joue aux cartes.**

Mon jour préféré, c'est le ____________ parce que **je joue au foot.**

Mon jour préféré, c'est le ______________ parce que **je fais de la natation.**

Mon jour préféré, c'est le ___________ parce que **je joue au basket.**

Mes jours préférés, ce sont le ______________ et le ________________ parce que **je peux dormir.**

3

Mon jour préféré, c'est le ________________________

parce que je ____.

1

Kenza, qu'est-ce que tu fais le lundi ?

Le lundi, je fais _____ _____ ____________.

Karim, qu'est-ce que tu fais le mardi ?

Le mardi, je joue _____ __________.

Jeanne, qu'est-ce que tu fais le mercredi ?

Le mercredi, je fais _____ _____ __________.

Camille, qu'est-ce que tu fais le jeudi ?

Le jeudi, je joue _____ ____________.

Paul, qu'est-ce que tu fais le vendredi ?

Le vendredi, je joue _______ ____________.

Léo, qu'est-ce que tu fais **le week-end** ?

Le week-end, je peux ______________.

2

Qu'est-ce que tu fais le week-end ?

Le ____________________, je ________________________________.

1

Aujourd'hui, c'est s a m e d i. C'est le j _ _ _ préféré de Samuel. ____ m _ t _ n, il mange  un _ _ _ _ _ _ _ _ _ pour le petit déjeuner. Puis, il joue  _ _ _ _ _ _ _ _ _ _.

 ____ _ _ _ _ _ _ brille.  A m _ _ _, il mange  ____ s _ _ _ _ à la t _ m _ t _ pour le déjeuner. L' a _ _ è _ - m _ d _, il joue  aux _ _ _ _ _ _ avec son père.

2

Aujourd'hui, c'est d _ _ _ _ _ _ _.

C'est ____ j _ _ r p _ _ f _ _ _ de Zoë.

 A _ _ _ _ _ h _ _ _ _ _, elle fait 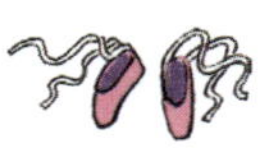 _ _ ____ _ _ _ _ _.  Il _ _ _ _ froid. Pour le goûter, elle m _ n _ _  un pain au c h _ _ _ _ _ _. Ensuite, elle lit 

un _ _ v _ _.

____ s _ i _, elle prend  une d _ _ c h _.

 ____ _ _ _ _, elle dort .

1

J' aime faire de la natation.
Qu'est-ce que tu aimes faire, Karim ?

J'________ jouer au foot.
Qu'est-ce que tu aimes faire, Noémie ?

J'________ faire de la peinture.
Qu'est-ce que tu aimes faire, Victor ?

J'________ faire du vélo.
Qu'est-ce que tu aimes faire, Louis ?

___' ________ faire de l'escalade.
Qu'est-ce que tu aimes faire, Zoë ?

___' ________ jouer de la guitare.

2

Kenza aime ________ ____ ____ ________.

Karim aime ________ ____ ________.

Noémie aime ________ ____ ____ ________.

Victor aime ________ ____ ________.

Louis aime ________ ____ l' ________.

Zoë aime ________ ____ ____ ________.

Jicki Vokabel-Dusche Französisch 4

Völlig entspannt Französisch lernen: Das geht! Die Jicki Vokabel-Dusche Französisch 4 bietet einen sehr schönen Weg.

Ein gemeinsames Projekt von Jicki und Mildenberger Verlag

Jicki ist spezialisiert auf das entspannte Erlernen von Sprachen. Hierbei kommen die sogenannten Sprachduschen zum Einsatz (www.jicki.de). Bei diesen werden die Lernenden – begleitet von Musik – mit Worten und Texten „berieselt". Bei einem Treffen von Mildenberger und Jicki entstand die Idee, dieses erfolgreiche Prinzip für das Wortschatz-Training im Übungsheft Französisch anzuwenden.

- 6 Tracks
- Spielzeit pro Track 10 bis 13 Minuten
- Alle Vokabel-Duschen sind gleich aufgebaut.

Die Jicki Vokabel-Dusche Französisch 4 im Unterricht

Die Jicki Vokabel-Dusche Französisch 4 kann an vielen Stellen im Unterricht und mit verschiedenen Zwecken eingesetzt werden:

- Beim gezielten Lernen des Vokabulars eines Kapitels
- Als Abwechslung im Unterricht
- Zur inneren Sammlung und Fokussierung der Klasse
- Als kleine Belohnung der Klasse

Die Jicki Vokabel-Dusche Französisch 4 zu Hause und unterwegs

Wenn sich zu Hause oder unterwegs ein Zeitfenster von ca. 10 Minuten bietet, kann die Jicki Vokabel-Dusche Französisch 4 eingesetzt werden.

- Einfach reinhören und der Stimme und der Musik lauschen.
- Die Augen schließen: Dann kann man sich die Wörter noch besser vorstellen.
- Wenn man alleine ist, kann man auch mitsprechen oder in den Pausen nachsprechen.
- Es ist erstaunlich, wie leicht man sich alles merken kann.

Viel Erfolg beim Französisch lernen wünschen Jicki und Mildenberger Verlag

4
5
6
PARIS
7
8
9
10
11
3
12
13
13
14
16
17
14
18
19
20
21
22
10
23
24
25
26
15
27
29
30
31
12
32
4
33
21
34
36
37
38
39
40
41
6
42
43
44
16
45
46
47
48
49
50
52

Se présenter

Salut !

Tu t'appelles comment ?

Je m'appelle ...

Tu habites où ? ?

Jeanne est d'où ? ?

Comment ça va ?

J'habite à ... ✓

Jeanne est de ... ✓

Ça va bien, merci.

aussi

A la maison

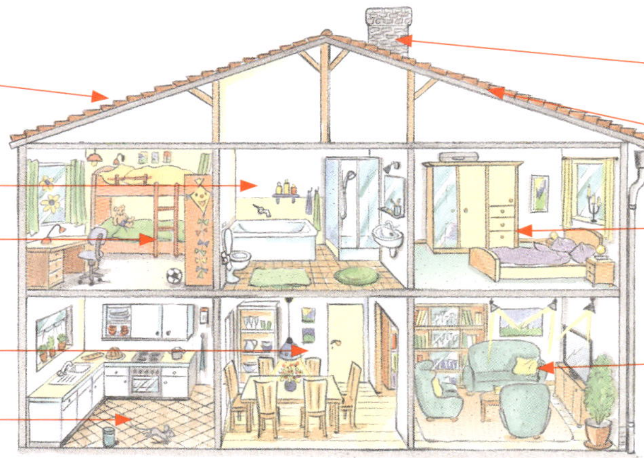

dans 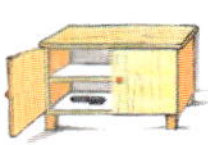

sous 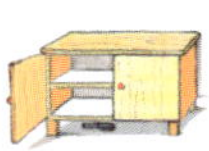

derrière 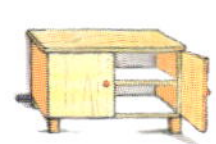

sur 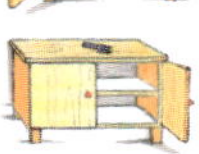

devant 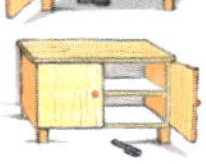

à côté de 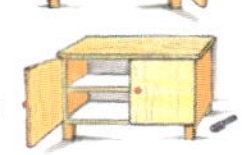

la cheminée 

l' armoire 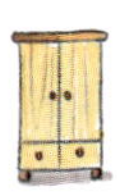

la lampe 

Je cherche ... 

la télé 

la table 

le tapis 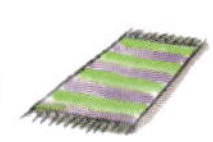

le lit 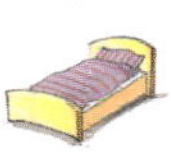

le fauteuil 

le canapé 

L'année

le printemps 

l' été 

l' automne 

l' hiver 

l' année

l' anniversaire

janvier	février	mars	avril	mai	juin
juillet	août	septembre	octobre	novembre	décembre

Noël – Galette des Rois

le sapin de Noël 

la boule de Noël 

la bougie 

la dinde aux marrons 

la bûche de Noël 

le père Noël 

la luge 

le cadeau 

le sac 

la cloche 

le renne 

Joyeux Noël !

Bonne fête !

le roi 

la reine 

la couronne 

l' étoile 

le chameau 

la fève 

L'heure

heure(s) 

Il est midi. 

Il est minuit. 

et quart 

et demie 

moins le quart 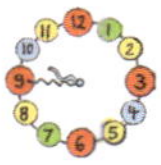

le matin — à midi — l' après-midi — le soir — la nuit

Je vais à l' école. 

Je mange. 

Je fais mes devoirs. 

Je lis un livre. 

Je dors. 

La semaine – Les sports – Les loisirs

lundi	mardi	mercredi	jeudi	vendredi	samedi	dimanche

le week-end

samedi	dimanche

Je joue au foot. 

Je fais de la danse. 

J'aime faire du vélo. 

Je joue aux cartes. 

Je joue au basket. 

J'aime faire de la peinture. 

J'aime jouer de la guitare. 

Je peux dormir. 

Je fais de la natation. 

J'aime faire de l' escalade. 

Tu t'appelles comment ?

1

Bonjour. Je m'appelle Jeanne. J'habite à Lyon. J'ai un chat.

Bonjour. Je m'appelle Léo. J'habite à Lyon. J'ai une araignée.

Bonjour. Je m'_appelle_ Kenza. J'habite à Lyon. J'ai un cochon d'Inde.

Bonjour. Je m'_appelle_ Victor. J'habite à Lyon. J'ai un chien.

Bonjour. Je m'_appelle_ Noémie. J'habite à Lyon. J'_ai_ un hamster.

Bonjour. Je _m'_ _appelle_ Karim. J'habite à Lyon. J'_ai_ un rat.

Bonjour. _Je_ _m'_ _appelle_ Paul. J'habite à Lyon. J'_ai_ une perruche.

Bonjour. _Je_ _m'_ _appelle_ Camille. J'habite à Lyon. J'_ai_ un perroquet.

Bonjour. _Je_ _m'_ _appelle_ Louis. J'habite à Lyon. J'_ai_ une tortue.

Bonjour. _Je_ _m'_ _appelle_ Samuel. J'habite à Lyon. J'_ai_ une souris.

2 *

Et toi ? Tu t'appelles comment ? Je m'appelle ____________________.

Tu habites où ?

1

Salut. Je m'appelle Zoë. J'ai 10 ans.

Tu habites où, Zoë ?

J'habite à Lyon.

Salut. Je m'_appelle_ Julien. J'_ai_ 9 ans.

Tu habites où, Julien ?

J'_habite_ aussi à Lyon.

2

Zoë a 10 ans. Elle habite à _Lyon_.

Julien a 9 ans. Il _habite_ aussi à Lyon.

3

C'est Cléo, mon _chat_. Il a 11 ans et il _habite_ _aussi_ à Lyon.

4 *

Et toi ? Tu habites où ? J'habite à ____________________.

Tu as quel âge ? J'ai __________ ans.

 * individuelle Lösung

 * individuelle Lösung

Jeanne, tu es d'où ?

1

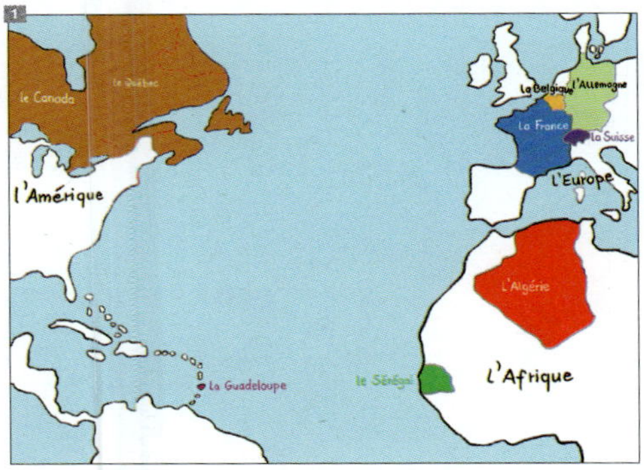

2

Jeanne est de F r a n c e.

Karim est d'A l g é r i e.

Léo est du S é n é g a l.

Noémie est du C a n a d a.

Kenza est de S u i s s e.

Samuel est de B e l g i q u e.

Camille est de G u a d e l o u p e.

Bonjour. Comment ça va ?

1

2

Elle s'_appelle_ Noémie.

Elle a _dix_ ans. 10 _Elle_ a _un_ _hamster_.

3

Il s'_appelle_ Karim.

_Il_ a _neuf_ ans. 9 _Il_ a _un_ _rat_.

Das Übungsheft Französisch 4 – Lösungen (Seite 8 – 11)

Où est le perroquet ?

1

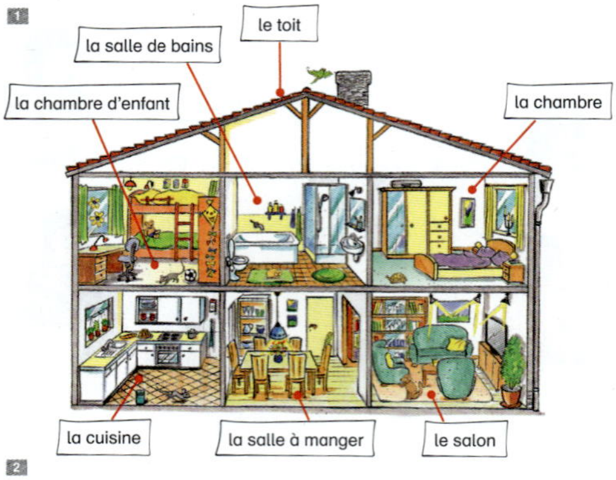

2

Le chien est dans **la salon**.

La souris est dans **la cuisine**.

La tortue est dans **la chambre**.

Le rat est dans **la chambre d'enfant**.

Le hamster est dans **la salle de bains**.

La perruche est dans **la salle à manger**.

3

Où est le perroquet ?

Le perroquet est sur **le toit**.

animaux, chambres
dialogue : « Où est ... ? »

Où est le chat ?

1

2

Où est Cléo, le chat ?

Noémie cherche dans la salle de bains.

Julien cherche dans le salon.

Karim cherche dans la salle à manger.

Léo cherche dans la chambre.

Jeanne cherche dans la chambre d' enfant.

Zoë cherche dans la cuisine.

3

Cléo, le chat, est sur le toit.

chambres
travail à deux

Je cherche ...

1 Je cherche le livre.

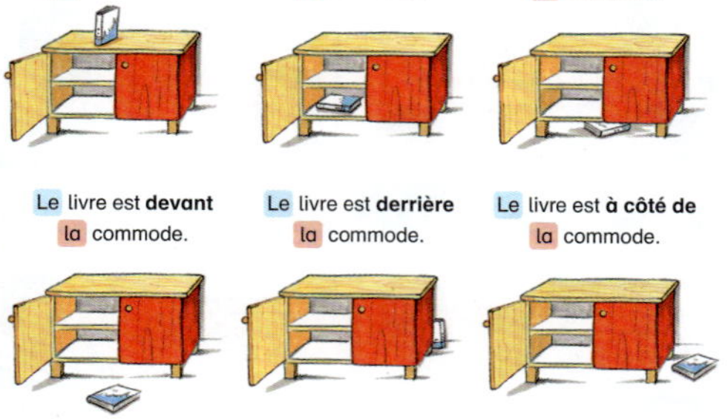

Le livre est **sur** la commode.

Le livre est **dans** la commode.

Le livre est **sous** la commode.

Le livre est **devant** la commode.

Le livre est **derrière** la commode.

Le livre est **à côté de** la commode.

2 Je cherche le stylo.

Le stylo est d a n s la commode.

Le stylo est d e v a n t la commode.

Le stylo est à c ô t é d e la commode.

Le stylo est s u r la commode.

Le stylo est s o u s la commode.

Le stylo est d e r r i è r e la commode.

meubles, prépositions
travail à deux

C'est où ?

1

2

Le livre rouge est sur **la cheminée**.

La règle orange est devant **la télé**.

La trousse grise est sous **le lit**.

Le cahier noir est dans **l' armoire**.

Le stylo marron est à côté de **la table**.

Le cartable bleu est derrière **le fauteuil**.

La colle jaune est sous **la lampe**.

La gomme verte est sur **le tapis**.

Le crayon violet est sur **le canapé**.

matériel de classe, couleurs, meubles, prépositions
travail à deux

De quelle couleur est … ?

1

2 *

Colorie le lit en marron. Colorie le cochon d'Inde en noir.

Colorie le fauteuil en jaune. Colorie le lapin en ________.

Colorie la table en rouge. Colorie le poisson en ________.

Colorie la télé en noir. Colorie le perroquet en ________.

Colorie le tapis en violet. Colorie le chat en ________.

Colorie la lampe en orange. Colorie la souris en ________.

Colorie le canapé en gris. Colorie la tortue en ________.

Colorie l' armoire en vert. Colorie le chien en ________.

Colorie la cheminée en rose. Colorie l' araignée en ________.

 * individuelle Lösung

Quel numéro est … ?

1 → page 12.

2

à	l	a	m	a	i	s	o	n
	1	2	3	4	5	6	7	8

Où sont les animaux ?

1

2

La perruche est sous la télé.

La tortue est à côté de la cheminée.

Le poisson est sur la table.

Le cochon d'Inde est sous le lit.

La souris est derrière la lampe.

Le chien est devant le canapé.

Le chat est sur le tapis.

L' araignée est à côté de l' armoire.

Le lapin est derrière le fauteuil.

Champion de français 1

1

Salut, je m' appelle Jeanne.
J' ai 10 ans. J' ai un chat.
J' habite à Lyon.

2

La souris est dans la cuisine.

3

4

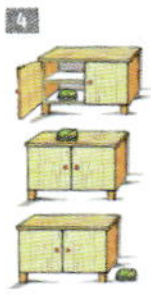

La trousse est dans la commode.

La trousse est sur la commode.

La trousse est à côté de la commode.

Das Übungsheft Französisch 4 – Lösungen (Seite 16 – 19)

Quels sont les saisons de l'année ?

1

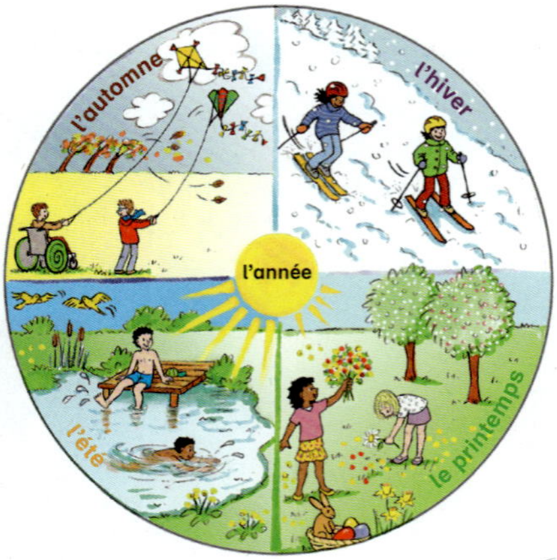

2

Le soleil brille au p r i n t e m p s.

Il fait chaud en é t é.

Il y a du vent en a u t o m n e.

Il neige en h i v e r.

3

L' au tomne, l' hiver, le printemps, l' é té,

ce sont les quatre saisons de l'année.

Quelle est ta saison préférée ?

1

① Jeanne porte des gants en hiver.

② Noémie porte une robe au printemps.

③ Samuel porte un short en été.

④ Victor porte une écharpe en automne.

l' a n n é e
1 2 3 4 5

2

J'aime le printemps
parce que le soleil brille.

J'aime l' été
parce qu' il fait chaud.

J'aime l' automne
parce qu' il y a du vent.

J'aime l' hiver
parce qu' il neige.

Qu'est-ce que tu mets au printemps ?

1

Au printemps, je mets

une j u p e, un t - s h i r t,

des c h a u s s e t t e s et

des c h a u s s u r e s.

2

En été, je mets

une r o b e, des s a n d a l e s,

une c a s q u e t t e et des

l u n e t t e s d e s o l e i l.

3

En automne, je mets

un a n o r a k, un p a n t a l o n

et des b o t t e s.

4

En hiver, je mets

un b o n n e t, un a n o r a k,

une é c h a r p e,

un p a n t a l o n, des b o t t e s

et des g a n t s.

C'est quand ton anniversaire ?

1

Joyeux Anniversaire

janvier	février	mars	avril
3 Louis	9 Victor	5 Karim	21 Paul
mai	**juin**	**juillet**	**août**
30 Camille	19 Léo	15 Samuel	13 Jeanne
septembre	**octobre**	**novembre**	**décembre**
23 Zoë	12 Noémie	8 Julien	21 Kenza

2

L' anniversaire de Karim, c'est le 5 mars.

L' anniversaire de Louis, c'est le 3 janvier.

L' anniversaire de Kenza, c'est le 21 décembre.

L' anniversaire de Camille, c'est le 30 mai.

L' anniversaire de Samuel, c'est le 15 juillet.

L' anniversaire de Zoë, c'est le 23 septembre.

L' anniversaire de Victor, c'est le 9 février.

L' anniversaire de Jeanne, c' est le 13 août.

L' anniversaire de Noémie, c' est le 12 octobre.

L' anniversaire de Paul, c' est le 21 avril.

L' anniversaire de Julien, c' est le 8 novembre.

L' anniversaire de Léo, c' est le 19 juin.

3 *

Mon anniversaire, c' est le ______ ______.

Quel est ton mois préféré ?

1

J'aime le mois de juillet parce qu'
☒ il fait chaud. ☐ il pleut. ☐ il fait froid.
Le mois de juillet est en été.

J'aime le mois d'octobre parce qu'
☐ il pleut. ☒ il y a du vent. ☐ il neige.
Le mois d' octobre est en automne.

J'aime le mois de janvier parce qu'
☒ il neige. ☐ il fait chaud. ☐ il y a des nuages.
Le mois de janvier est en hiver.

J'aime le mois d'avril parce qu'
☐ il fait froid. ☐ il pleut. ☒ il y a des arcs-en-ciel.
Le mois d' avril est au printemps.

2 *

J'aime le mois de ______________________________

parce qu' ______________________________.

Le mois de ______________ est ______________ ______________.

* individuelle Lösung

Joyeux Noël !

1

2

C'est le 24 décembre, le réveillon de Noël. Il y a un s a p i n d e N o ë l avec des b o u l e s d e N o ë l.

Sur la table il y a des b o u g i e s et beaucoup à manger.

Bon appétit et joyeux Noël !

3

4

Dans la nuit du 24 au 25 décembre, le p è r e N o ë l apporte les c a d e a u x. Il a un s a c, une l u g e et un r e n n e.

La c l o c h e sonne. Bonne fête et bonne année !

Bonne fête !

1

t	e	r	a	l	r	z	u	c	a	d	e	a	u
b	o	u	g	i	e	u	t	l	o	e	b	n	m
o	v	d	r	e	n	ö	r	o	e	p	è	r	e
u	h	c	n	w	n	s	a	c	a	e	u	i	k
l	l	v	s	f	e	h	g	h	o	p	q	u	e
e	g	d	g	h	l	o	ö	e	k	l	u	g	e
u	w	s	a	p	i	n	s	d	l	k	o	w	t

2

 le cadeau

 le renne

 la luge

 le sac

 la bougie

 la cloche

 le père Noël

 le sapin de Noël

 la boule de Noël

Galette des Rois

1

2

l' é t o i l e (11, 6, 1) — le c h a m e a u (3, 2)

la f è v e (5, 7) — la c o u r o n n e (9, 13, 4, 10)

le r o i (8, 17, 18) — la r e i n e (16, 14, 12, 15)

3

le 6 janvier, on tire les rois
(1 2 – 3 4 5 6 7 8 – 9 10 – 11 12 13 14 – 15 – 16 17 18)

Das Übungsheft Französisch 4 – Lösungen (Seite 24 – 27)

1

Il est **onze** heures. Il est **trois** heures. Il est **cinq** heures. Il est **sept** heures.

Il est **neuf** heures. Il est **dix** heures. Il est **deux** heures. Il est **six** heures.

2

Il est quatre heures. Il est six heures. Il est huit heures.

3

⚠ Il est **une** heure. Il est **midi**. Il est **minuit**.

heure
dictée en ping-pong

1

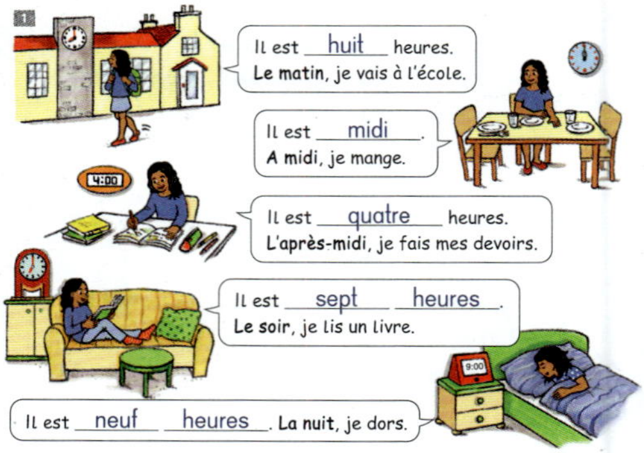

2

Il est huit heures.
Le matin, je vais à l' école.

Il est midi.
A midi, je mange.

Il est quatre heures.
L' après-midi, je fais mes devoirs.

Il est sept heures.
Le soir, je lis un livre.

Il est neuf heures.
La nuit, je dors.

heure, heures de la journée
travail à deux

1

Il est trois heures. Il est trois heures **et quart**. Il est trois heures **et demie**. Il est quatre heures **moins le quart**.

2

Il est deux heures. Il est trois heures et demie. Il est quatre heures et quart.

Il est neuf heures. Il est onze heures et demie. Il est six heures et demie.

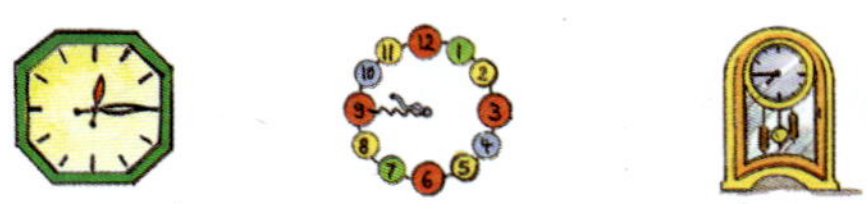

Il est midi et quart. Il est dix heures moins le quart. Il est huit heures moins le quart.

heure
dialogue : « Il est quelle heure ? »

1

2

Il est huit heures moins le quart.

Il est huit heures.

Il est huit heures et quart.

Il est huit heures et demie.

Il est neuf heures moins le quart.

heure
jeu de rôle

Champion de français 2

1

L' au tomne, l' hiver, le printemps, l' é té

ce sont les quatre saisons de l'année.

2 *

Mon anniversaire, c'est le ____________ ____________.

3

la | b o u g i e
la | c l o c h e
le | r e n n e
la | c o u r o n n e
le | c h a m e a u

4

b o n n e fête !

5

Il est neuf heures. Il est six heures et demie. Il est midi et quart.

6

Le matin, je vais à l'école.

L' après-midi, je fais mes devoirs.

La nuit, je dors.

Quel est ton jour préféré ?

1

lundi	mardi	mercredi	jeudi	vendredi	samedi	dimanche
Kenza	Karim	Jeanne	Camille	Paul	Léo	

2

Mon jour préféré, c'est le mercredi parce que je fais de la danse.

Mon jour préféré, c'est le vendredi parce que je joue aux cartes.

Mon jour préféré, c'est le mardi parce que je joue au foot.

Mon jour préféré, c'est le lundi parce que je fais de la natation.

Mon jour préféré, c'est le jeudi parce que je joue au basket.

Mes jours préférés, ce sont le samedi et le dimanche parce que je peux dormir.

3 *

Mon jour préféré, c'est le ____________

parce que je ________________________.

Qu'est-ce que tu fais le lundi ?

1

Kenza, qu'est-ce que tu fais le lundi ? – Le lundi, je fais de la natation.

Karim, qu'est-ce que tu fais le mardi ? – Le mardi, je joue au foot.

Jeanne, qu'est-ce que tu fais le mercredi ? – Le mercredi, je fais de la danse.

Camille, qu'est-ce que tu fais le jeudi ? – Le jeudi, je joue au basket.

Paul, qu'est-ce que tu fais le vendredi ? – Le vendredi, je joue aux cartes.

Léo, qu'est-ce que tu fais le week-end ? – Le week-end, je peux dormir.

2 *

Qu'est-ce que tu fais le week-end ?

Le week-end, je ________________________.

Aujourd'hui, c'est samedi

1

Aujourd'hui, c'est s a m e d i. C'est le j o u r préféré de Samuel. Le m a t i n, il mange un c r o i s s a n t pour le petit déjeuner. Puis, il joue a u b a s k e t. Le s o l e i l brille. A m i d i, il mange une s o u p e à la t o m a t e pour le déjeuner. L' a p r è s - m i d i, il joue aux c a r t e s avec son père.

2

Aujourd'hui, c'est d i m a n c h e. C'est le j o u r p r é f é r é de Zoë. A t r o i s h e u r e s, elle fait d e la d a n s e. Il f a i t froid. Pour le goûter, elle m a n g e un pain au c h o c o l a t. Ensuite, elle lit un l i v r e. Le s o i r, elle prend une d o u c h e. La n u i t, elle dort.

Das Übungsheft Französisch 4 – Lösungen (Seite 32–35)

Qu'est-ce qu'il aime faire ?

1

J'_aime_ faire de la natation.
Qu'est-ce que tu aimes faire, Karim ?

J'_aime_ jouer au foot.
Qu'est-ce que tu aimes faire, Noémie ?

J'_aime_ faire de la peinture.
Qu'est-ce que tu aimes faire, Victor ?

J'_aime_ faire du vélo.
Qu'est-ce que tu aimes faire, Louis ?

_J'_ _aime_ faire de l'escalade.
Qu'est-ce que tu aimes faire, Zoë ?

_J'_ _aime_ jouer de la guitare.

2

Kenza aime _faire_ _de_ _la_ _natation_.

Karim aime _jouer_ _au_ _foot_.

Noémie aime _faire_ _de_ _la_ _peinture_.

Victor aime _faire_ _du_ _vélo_.

Louis aime _faire_ _de_ _l'_ _escalade_.

Zoë aime _jouer_ _de_ _la_ _guitare_.

Qu'est-ce que tu aimes faire ?

1

2

Camille aime jouer au tennis. Elle n'aime pas faire du cheval.

Kenza aime _faire_ _du_ _ski_. _Elle_ n'_aime_ pas _faire_ _de_ _la_ _luge_.

Paul aime _faire_ _du_ _cheval_. Il n'_aime_ pas _faire_ _de_ _l'_ _escalade_.

Louis aime _faire_ _de_ _l'_ _escalade_. _Il_ n'_aime_ pas _jouer_ _au_ _tennis_.

3 *

Et toi ? Qu'est-ce que tu aimes faire ?

J'aime ______________________.

Je n'aime pas ______________________.

C'est quel sport ?

1

les s **p** o r t s

faire de l' e s c **a** l a d e

jouer au **t** e n n i s

faire du s k **i**

faire de la d a **n** s e

à

faire de la l u **g** e

faire du v é **l** o

faire de la n a t **a** t i o n

faire du **c** h e v a l

jouer au b a s k **e** t

2

Zoë aime faire du p a t i n à g l a c e.

3

Elle n'_aime_ pas jouer au _foot_.

Champion de français 3

1

q	v	e	d	r	m	j	d	i	m	v	w	k	g
t	i	l	j	r	i	b	m	k	v	e	u	v	r
r	o	d	j	e	u	d	i	k	r	n	l	c	m
u	p	f	u	b	i	o	e	r	d	d	u	i	m
i	v	m	e	r	c	r	e	d	i	r	n	q	o
e	q	a	g	s	a	d	m	i	m	e	d	h	c
d	n	r	d	e	t	s	a	m	e	d	i	w	u
s	m	d	i	m	a	n	c	h	e	i	s	c	t
u	l	i	n	d	o	t	r	e	w	b	n	m	h

l u n d i — m a r d i — m e r c r e d i

j e u d i — v e n d r e d i — s a m e d i

d i m a n c h e

2 *

Mon _jour_ préféré, c'est le ______________.

3

J'aime _faire_ _de_ _la_ _natation_.

J'aime _faire_ _de_ _la_ _danse_.

J'aime _faire_ _du_ _vélo_.

Je _n'_aime _pas_ _jouer_ _au_ _tennis_.

Bon carnaval !

1

2

① Julien est un dragon. c

② Jeanne est une reine. a

③ Paul est un roi. r

④ Camille est une fée. n

⑤ Léo est un prince. a

⑥ Noémie est une princesse. v

⑦ Victor est un fantôme. a

⑧ Louis est un chevalier. l

3

le c a r n a v a l
1 2 3 4 5 6 7 8

Le mardi gras, on mange des crêpes

1

2

Le fantôme a une araignée.

La princesse a un collier.

Le chevalier a une épée.

La fée a une baguette magique.

Le prince a une couronne.

Le dragon mange des crêpes.

3

Le mardi gras, on mange des c r ê p e s.

On part en vacances !

1

2 * Tu aimes quels moyens de transport ?
J'aime …

☐ l' a v i o n ☐ le b u s

☐ la v o i t u r e ☐ la m o t o

☐ le t r a i n ☐ le métro

☐ le b a t e a u ☐ le taxi

Tu trouves les moyens de transport ?

1

w	e	t	r	t	t	o	t	o	r	b	i	l	e
m	é	t	r	o	r	a	x	u	i	a	l	k	j
o	x	x	y	a	a	s	a	f	f	t	g	c	h
t	h	i	a	v	i	o	n	k	m	e	w	o	t
o	x	i	l	u	n	t	n	t	r	a	m	a	a
l	k	b	u	s	p	x	r	j	r	u	g	c	x
b	v	c	n	x	l	w	e	r	y	a	s	h	i
u	k	d	e	r	v	o	i	t	u	r	e	n	m

2

l' a v i o n (8 9) — la v o i t u r e (6)

la m o t o (4) — le b a t e a u (1 10)

le b u s — le m é t r o (2)

le t r a i n (7 5) — le t a x i (3)

3

un c a m i o n o r a n g e
1 2 3 4 5 6 7 8 9 10

Das Übungsheft Französisch 4 – Lösungen (Seite 40 – 43)

Tu prends quel moyen de transport ?

1

Paul **prend** la voiture.

Jeanne **prend** le taxi.

Louis **prend** le métro.

Camille prend l' avion.

Samuel prend le train.

2

Léo et son père **prennent** le vélo.

Noémie et Kenza **prennent** le bateau.

Julien et Zoë prennent le ferry.

3 *

Je **prends** ______ ______.

A gauche ? A droite ?

1

2

Noémie, tu vas t o u t d r o i t.

Louis, tu vas à d r o i t e.

Jeanne, tu vas à g a u c h e.

Léo, s t o p !

3

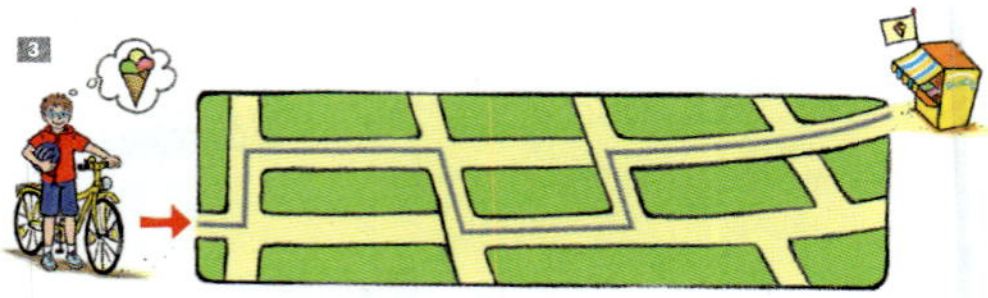

Victor, tu vas à gauche. Ensuite, tu vas à droite. Puis, tu vas à droite. Tu vas à gauche et encore une fois à gauche. Puis, tu vas à droite et tout droit. Et stop !

* individuelle Lösung

moyens de transport
travail à deux

directions
jeu de rôle

Où est ... ?

1

Vous allez tout droit. Ensuite, vous allez à droite. Puis, vous allez à gauche. Vous allez tout droit et voilà : le bateau !

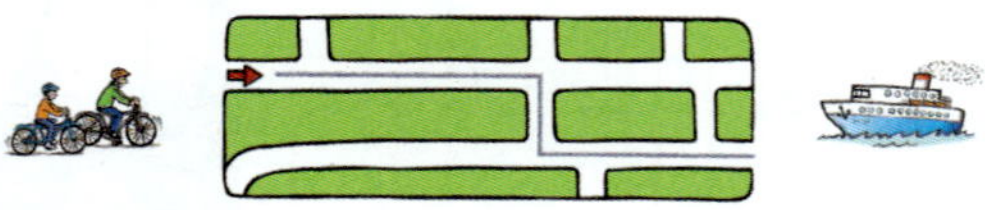

2

3

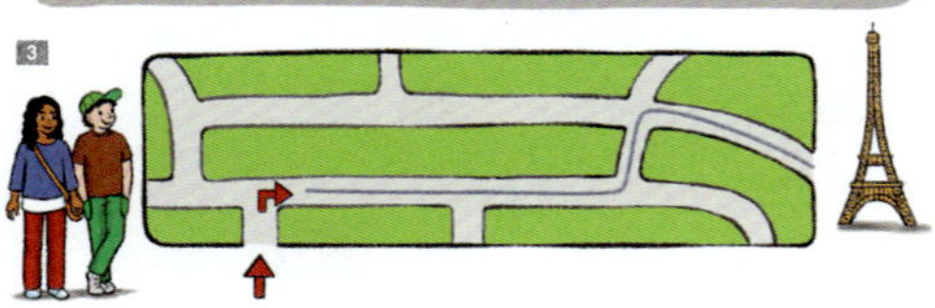

Monte ! Descends !

1

2

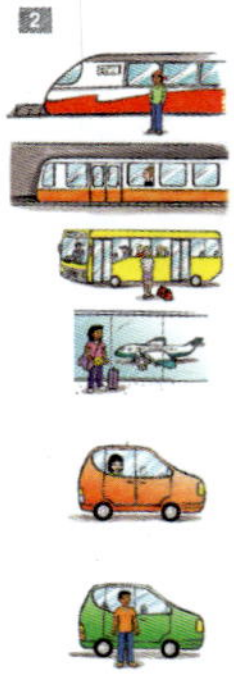

Samuel, monte dans le train, s'il te plaît !

Zoë, descends du métro, s'il te plaît !

Noémie, monte dans le bus, s'il te plaît !

Camille, monte dans l' avion, s'il te plaît !

Jeanne, descends de la voiture, s'il te plaît !

Léo, monte dans la voiture, s'il te plait !

directions
jeu de rôle

moyens de transport
dictée en ping-pong

Est-ce que je peux vous aider ?

1

2

Bonjour, Madame.

Bonjour. Est-ce que je peux vous aider ?

Je voudrais un billet pour Paris pour deux enfants, s'il vous plaît.

Ça fait cent euros.

Voilà.

Merci. Voilà le billet.

Merci. Au revoir Madame.

De rien. Au revoir.

Comment ça va ?

1

2

Madame Blanc : Bonjour Robert. C'est la salle de classe du CM1. Comment ça va ?

Robert : Ça va bien, merci.

Kenza : Bienvenue Robert. Ça va ?

Robert : Oui, ça va, merci.

Jeanne : Salut Robert. Tu es d'où ?

Robert : Je suis de La Réunion. C'est une île.

Léo : Voilà Madame Blanc, la prof. Elle est très gentille.

Est-ce que tu sais lire ?

1

2 Robert veut écrire un émail à son ami Philippe :

philippe_gaston@yahoo.fr

Bonjour !

Bonjour Philippe !

Comment ça va ? Moi, ça va bien.

Je suis en CM1. Ma prof s'appelle Madame Blanc.

Elle est très gentille.

A l'école, je sais écrire, lire, dessiner, découper et coller.

Mais je ne sais pas calculer jusqu'à 100.

A bientôt, Robert

Est-ce que tu sais compter ?

1

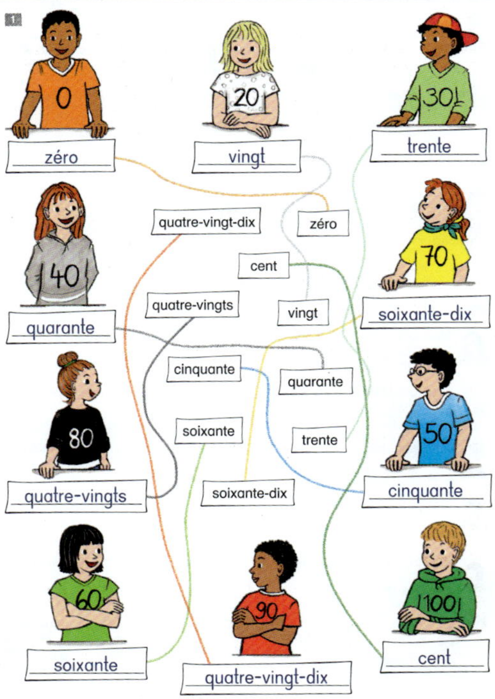

Das Übungsheft Französisch 4 – Lösungen (Seite 48 – 51)

Est-ce que tu sais calculer ?

1

2

vingt + trente = cinquante
soixante + dix = soixante-dix
quarante + quarante = quatre-vingts
quatre-vingt-dix + dix = cent

nombres 0 à 100
dialogue : « 20 plus 30, ça fait combien ? »

Tu peux venir à ma fête ?

1

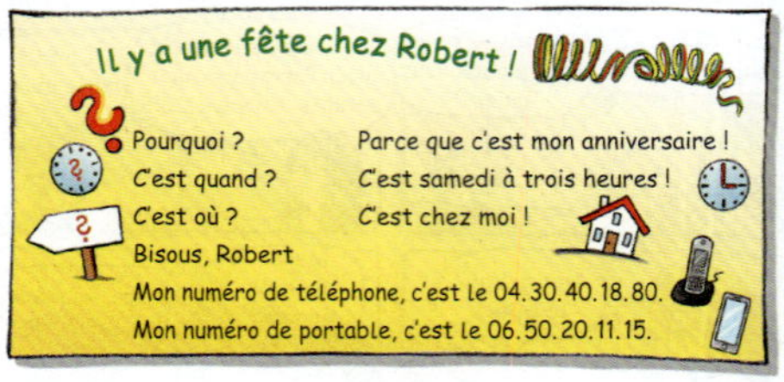

2

Louis : Il y a une fête !
Jeanne : Pourquoi ?
Louis : Parce que c'est l' anniversaire de Robert.
Kenza : C'est quand ?
Louis : C'est samedi à trois heures.
Paul : C' est où ?
Louis : C' est chez Robert.

3 *

Quel est ton numéro de téléphone ?

Mon numéro de téléphone, c'est le ________________.

questions, fête, nombres
dialogue : « Quel est ton numéro de téléphone ? »

* individuelle Lösung

Quelle est ta matière préférée ?

1

lundi	mardi	mercredi	jeudi	vendredi
mathématiques	français	anglais	français	arts visuels
		la récréation		
français	sciences	mathématiques	éducation musicale	français
		l'heure du déjeuner		
histoire	éducation physique et sportive		anglais	géographie

2

Mon jour préféré, c'est le jeudi parce que ma matière préférée, c'est l' a n g l a i s.

Mon jour préféré, c'est le lundi parce que ma matière préférée, c'est l' h i s t o i r e.

Mon jour préféré, c'est le mardi parce que ma matière préférée, c'est le f r a n ç a i s.

Mon jour préféré, c'est le vendredi parce que ma matière préférée, c'est les a r t s v i s u e l s.

Mon jour préféré, c'est le mercredi parce que ma matière préférée, c'est les m a t h é m a t i q u e s.

3

matières scolaires, jours de la semaine
dialogue : « Quelle est ta matière préférée ? »

Champion de français 4

1

Louis prend le métro.

Paul prend la voiture.

Léo prend le vélo.

Camille prend l' avion.

2

Tu vas ↑ tout droit. Ensuite, tu vas ↱ à droite et tu vas ↑ tout droit. Puis, tu vas ↰ à gauche et tu vas encore une fois ↰ à gauche.

3

b	v	c	n	x	l	a	c	f	y	a	s	h	d	k	d	s	m
d	b	a	u	p	l	s	e	k	p	s	w	q	o	e	c	o	v
c	n	t	o	o	v	i	n	g	t	j	e	i	p	r	t	i	b
e	l	r	k	e	g	x	t	r	u	c	m	x	m	i	e	x	o
t	q	e	l	r	j	a	l	r	v	c	n	m	l	k	r	a	p
n	e	n	m	w	b	q	u	a	r	a	n	t	e	c	e	n	u
j	r	t	n	b	r	x	o	r	c	n	z	r	o	p	m	t	s
t	z	e	c	c	i	n	q	u	a	n	t	e	c	n	o	e	r

20 = vingt 30 = trente 40 = quarante
50 = cinquante 60 = soixante 100 = cent

4 *

Ma matière préférée, c'est ________________.

moyens de transport, directions, nombres, matières scolaires

* individuelle Lösung

Qu'est-ce qu'il y a en France ?

1

2

Le drapeau français est bleu, blanc et rouge.

Le jeu de boules est très populaire en France.

Le coq est le symbole de la France.

La Tour Eiffel est à Paris.

Le béret basque est un chapeau français.

la France
jeu de rôle

Qu'est-ce qu'il y a à Paris ?

1

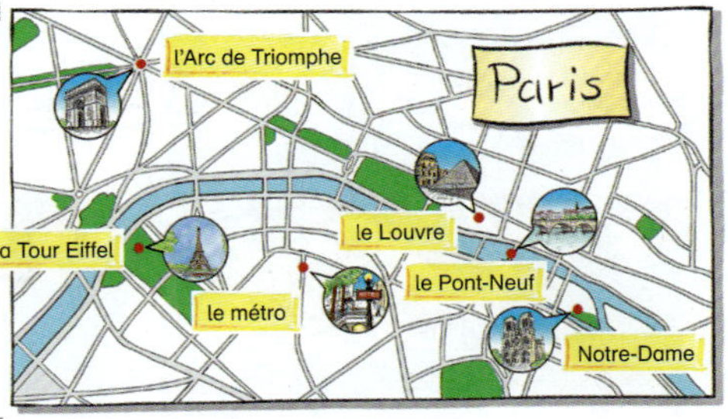

2

3

Paris
travail à deux

Qu'est-ce qu'il y a au Québec ?

1

2

	le Québec	La Réunion
Le drapeau est ...	bleu et blanc	bleu, blanc et jaune
Il y a ...	des élans	des tortues géantes
Je parle ...	français et anglais	créole réunionnais et français

le Québec
travail à deux

Tu es d'où ? Tu parles français ?

1

Je suis d'Algérie. Le drapeau est blanc, vert et rouge. Je parle arabe et français.

Je suis de Belgique. Le drapeau est noir, jaune et rouge. Je parle français, allemand et flamand.

Je suis de Guadeloupe. Le drapeau est bleu, blanc et rouge. Je parle créole et français.

Je suis du Sénégal. Le drapeau est vert, jaune et rouge. Je parle wolof et français.

Je suis de Suisse. Le drapeau est rouge et blanc. Je parle français, allemand et italien.

2 *

Je suis ______________________.

Le drapeau est ______________________.

Je parle ______________________.

le monde francophone, couleurs
dialogue : « Tu es d'où ? »

* individuelle Lösung

Das Übungsheft Französisch 4 – Lösungen (Seite 56–59)

1

2

L' hippopotame vit dans l' eau.

Le poisson vit aussi dans l' eau.

Le singe vit dans la jungle.

Le serpent vit aussi dans la jungle.

L' éléphant vit dans la steppe.

Le zèbre vit aussi dans la steppe.

animaux dans leur environnement
travail à deux

1

La gazelle vit au Sénégal.
L' hyène vit aussi au Sénégal.
Le papion vit aussi au Sénégal.
Le boa vit aussi au Sénégal.

2 *

______________________________.

______________________________.

______________________________.

animaux dans leur environnement
dialogue : « Où vit la gazelle ? »

* individuelle Lösung

1

2

Léo porte un boubou large et un pantalon long.

Karim porte une chemise et des lunettes de soleil.

Camille porte une robe magnifique et un foulard sur la tête.

Noémie porte une jupe, un chemisier et une cravate.

costumes traditionnels
dialogue : « Qu'est-ce que tu portes ? »

1

2

Le boubou de Léo est l a r g e.

Le pantalon de Léo est l o n g.

La robe de Camille est m a g n i f i q u e.

3

Le lion est d a n g e r e u x.

Le singe est d r ô l e.

Le zèbre est g e n t i l.

4

Le boa est marron.

Le foulard de Camille est rouge, jaune et vert.

Le chemisier de Noémie est blanc.

adjectifs
dialogue : « C'est comment, le pantalon ? »

Est-ce que je peux vous aider ?

1

2

Bonjour.

Bonjour, est-ce que je peux vous aider ?

Oui, je voudrais une carte postale.
Ça fait combien ?

Ça fait deux euros.

Voilà.

Merci.
Voilà la carte postale.

Merci. Au revoir.

Au revoir, bonne journée.

acheter un souvenir
jeu de rôle

Champion de français 5

1

① E i f f e l
② d r a p e a u
③ P a r i s
④ S é n é g a l
⑤ c o q
⑥ b o a
⑦ s t e p p e
⑧ h i p p o p o t a m e
⑨ b o u l e s
⑩ é l a n s
⑪ Q u é b e c

① La Tour … est à Paris.
② Le … de la Suisse est rouge et blanc.
③ Le Louvre est à …
④ La gazelle vit au …
⑤ Le … est le symbole de la France.
⑥ Le … vit aussi au Sénégal.
⑦ Le lion vit dans la …
⑧ L' … vit dans l' eau.
⑨ Le jeu de … est très populaire en France.
⑩ Il y a des … au Canada.
⑪ Noémie est du …

2

le monde f r a n c o p h o n e
1 2 3 4 5 6 7 8 9 10 11

le monde francophone, animaux, costumes traditionnels

Joyeuses Pâques !

1

Le jeudi saint, **les cloches** vont à Rome.

Le Pape bénit les cloches.

De retour en France, les cloches font tomber **les œufs en chocolat**.

Le dimanche de Pâques, **les enfants** cherchent les œufs en chocolat.

2

les c l o c h e s (1, 5, 4)

le P a p e (7, 2)

les œ u f s (3, 6) en c h o c o l a t

les e n f a n t s (8, 9)

3

J o y e u s e s P â q u e s !
1 2 3 4 5 6 7 8 9

Pâques
travail à deux

Traditions et jours fériés

1

2

B o n n e f ê t e d u m u g u e t ! (1, 3, 5, 11)

B o n n e f ê t e n a t i o n a l e ! (2, 4, 8, 9)

P o i s s o n d'a v r i l ! (6, 12, 10, 7)

3

B o n n e s v a c a n c e s !
1 2 3 4 5 6 7 8 9 10 11 12

traditions, jours fériés
travail à deux

Champion de français 6

1 Il y a …

① un taxi.
② un vélo.
③ un bus.
④ un avion.
⑤ une voiture.

2 Qui fait tomber les œufs ?

⑥ la cloche

Il y a …

⑦ un poisson. ⑧ un coq.
⑨ un dragon. ⑩ une table.
⑪ un lit. ⑫ un toit.

3 Les quatre saisons de l'année sont …

⑬ le printemps, ⑭ l' été,
⑮ l' automne et ⑯ l' hiver.

4 Il est quelle heure ?

⑰ Il est trois heures.

5 Il est où ?

⑱ Louis est dans l' eau.
⑲ Le drapeau est sur le toit.

6 Qu'est-ce qu'ils aiment faire ?

⑳ Léo aime jouer au tennis.
㉑ Kenza aime faire du ski.
㉒ Jeanne aime faire de la natation.

La semaine – Les sports – Les loisirs

J'aime jouer au tennis.
J'aime faire du cheval.
J'aime faire du ski.
J'aime faire de la luge.
J'aime faire du patin à glace.

Le carnaval

le dragon
le chevalier
le prince
la princesse
le fantôme
la fée
l' épée
la baguette magique
le collier
la crêpe

Bon carnaval !

Les moyens de transport – Les directions

l' avion
la voiture
le train
le bateau
le bus
la moto
le métro
le taxi
le camion
le ferry
tout droit
à droite
à gauche
stop
Monte !
Descends !
le billet
l' euro, euros
mille 1000

Bonjour !

Est-ce que je peux vous aider ?

Au revoir !

A l'école

C'est la salle de classe du … CLASSE CM 1

la prof
écrire
lire
dessiner
découper
coller
calculer

zéro	0	quarante	40	soixante	60	quatre-vingts	80
trente	30	cinquante	50	soixante-dix	70	quatre-vingt-dix	90
						cent	100

plus +
ça fait =

quand ?
où ?
pourquoi ? – parce que !

A l'école

le numéro de téléphone

le numéro de portable

le français « Bonjour ! »

l' anglais « Hello ! »

les mathématiques

les arts visuels

l' éducation musicale

l' éducation physique et sportive

les sciences

l' histoire

la géographie

Le monde francophone

le drapeau français

le jeu de boules

le coq

le béret basque

la Tour Eiffel

le Louvre

l' Arc de Triomphe

le métro

Notre-Dame

le Pont-Neuf

le drapeau du Québec

le drapeau régional de La Réunion

l' élan

l' Algérie

la Belgique

la Guadeloupe

le Sénégal

la Suisse

la jungle

la steppe

l' eau

la gazelle

l' hyène

le papion

le boa

le boubou

la chemise

le foulard

le chemisier

la cravate

l' uniforme scolaire

magnifique

large

long

dangereux

drôle

gentil

Je voudrais …

Ça fait combien ?

Ça fait …

l' écharpe football

le sac à dos

la carte postale

le paquet de macarons

Pâques – Traditions et jours fériés

la cloche

le Pape

l' œuf en chocolat

l' enfant

Joyeuses Pâques !

Bonnes vacances !

Poisson d'avril !

Bonne fête du muguet !

Bonne fête nationale !

53

54

55

56

57

58

59

60

Champion de français 1

Champion de français 2

Champion de français 3

Champion de français 4

Champion de français 5

Champion de français 6

62

63

Tu peux utiliser ces stickers ronds comme tu veux.

Ce cahier appartient à:

____

Das Übungsheft Deutsch 4

Rechtschreib- und Grammatiktraining

64 S., vierf., Gh, 17 x 24 cm, mit Stickerbogen und Lösungsheft

Bestell-Nr. 4401-70

Das Übungsheft Rechtschreiben 4

Methodentraining und Diktate

64 S., vierf., Gh, 17 x 24 cm, mit Stickerbogen, Lösungsheft und Diktattexten

Bestell-Nr. 4401-71

Das Übungsheft Lesen 4

Lesetraining und Leseverständnis

64 S., vierf., Gh, 17 x 24 cm, mit Stickerbogen und Lösungsheft

Bestell-Nr. 4401-72

Das Übungsheft Mathematik 4

Denk- und Rechentraining

84 S., vierf., Gh, 14,8 x 22 cm (größer als DIN A5), mit Lösungsheft (20 S., vierf.) und Stickerbogen

Bestell-Nr. 4504-54

Das Übungsheft Sachrechnen 4

Mathematische Kompetenzen gezielt trainieren und festigen

48 S., mit Lösungsheft (12 S.), vierf., Gh, DIN-A4-Format, mit Stickerbogen

Bestell-Nr. 4504-53

Das Übungsheft Geometrie 4

Mathematische Kompetenzen gezielt trainieren und festigen

48 S., mit Lösungsheft (12 S.), vierf., Gh, DIN-A4-Format, mit Stickerbogen und Beilagen

Bestell-Nr. 4504-51

Das Übungsheft Englisch 4

Let's practise English mit Audio-CD „Jicki Vokabel-Dusche 4"

64 S., Gh, 17 x 24 cm, vierf., mit Kartonbeilage, Stickerbogen und Lösungsheft, mit Audio-CD „Jicki Vokabel-Dusche 4"

Bestell-Nr. 1904-48

Das Übungsheft Musik 3/4

Noten, Instrumente, Komponisten

64 S., vierf., Gh, 17 x 24 cm, mit Stickerbogen, Lösungsheft (16 S.) und Audio-CD

Bestell-Nr. 3702-89

Es gibt viele weitere Übungshefte: www.mildenberger-verlag.de/783

1

jouer au tennis

faire du cheval

faire de l'escalade

faire du ski

faire de la luge

2

Camille aime  jouer au tennis. Elle n'aime pas  faire du cheval.

Kenza aime  ________ ______ ______. ________ n'________ pas
 ________ ______ ______ ________.

Paul aime  ________ ______ ____________. Il n'________ pas
 ________ ______ l' ____________.

Louis aime  ________ ______ l' ____________.
______ n'________ pas  ________ ______ ____________.

3

Et toi ? Qu'est-ce que tu aimes faire ?

J'aime ____.

Je n'aime pas ____.

1

les s p o r t s

faire de l'

jouer au

faire du

faire de la

à

faire de la

faire du

faire de la

faire du

jouer au

2

Zoë aime faire du p _____ à _____ .

3

Elle n'__________ pas jouer au __________.

1

q	v	e	d	r	m	j	d	i	m	v	w	k	g
t	i	l	j	r	i	b	m	k	v	e	u	v	r
r	o	d	j	e	u	d	i	k	r	n	l	c	m
u	p	f	u	b	i	o	e	r	d	d	u	i	m
i	v	m	e	r	c	r	e	d	i	r	n	q	o
e	q	a	g	s	a	d	m	i	m	e	d	h	c
d	n	r	d	e	t	s	a	m	e	d	i	w	u
s	m	d	i	m	a	n	c	h	e	i	s	c	t
u	l	i	n	d	o	t	r	e	w	b	n	m	h

l u n d i　　_ _ _ _ d _　　_ _ _ _ _ _ _ _ i

j _ _ _ _　　_ e _ _ _ _ _ _　　_ _ _ _ d _

_ _ _ _ _ c _ _

2

Mon ______________ préféré, c'est le ______________________ .

3

J'aime ________ ______ ______ __________.

J'aime ________ ______ ______ __________.

J'aime ________ ______ ________.

Je __'aime ________ ________ ______ __________.

1

2

① Julien est un dragon. ☐

② Jeanne est une ________. ☐

③ Paul est ____ ________. ☐

④ Camille est ____ ________. ☐

⑤ Léo est ____ ________. ☐

⑥ Noémie est ____ ________. ☐

⑦ Victor est ____ ________. ☐

⑧ Louis est ____ ________. ☐

3

le	1	2	3	4	5	6	7	8

carnaval
travail à deux

1

2

Le ___fantôme___ a une ___araignée___.

La ______________ a un ______________.

Le ______________ a ______ ______________.

______ ______________ a ______ ______________ ______________.

______ ______________ a ______ ______________.

______ ______________ mange des ______________.

3

Le mardi gras, on mange des _ _ _ _ _ _.

1

2 Tu aimes quels moyens de transport ?
J'aime …

 ☐ l' _ _ _ _ _

 ☐ ____ _ _ _

 ☐ la _ _ _ _ _ _ _

 ☐ ____ _ _ _ _

 ☐ ____ _ _ _ _ _

 ☐ ____ métro

 ☐ ____ _ _ _ _ _ _

 ☐ ____ taxi

1

w	e	t	r	t	t	o	t	o	r	b	i	l	e
m	é	t	r	o	r	a	x	u	i	a	l	k	j
o	x	x	y	a	a	s	a	f	f	t	g	c	h
t	h	i	a	v	i	o	n	k	m	e	w	o	t
o	x	i	l	u	n	t	n	t	r	a	m	a	a
l	k	b	u	s	p	x	r	j	r	u	g	c	x
b	v	c	n	x	l	w	e	r	y	a	s	h	i
u	k	d	e	r	v	o	i	t	u	r	e	n	m

2

l' a v i o n (8 … 9)

___ _ _ _ _ _ _ _ (6)

___ _ _ _ _ (4)

___ _ _ _ _ _ _ (1, 10)

___ _ _ _

___ _ _ _ _ _ (2)

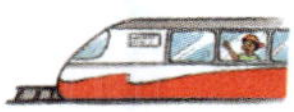
___ _ _ _ _ _ (7, 5)

___ _ _ _ _ (3)

3

un c _ _ _ _ _ _ _ _ _ g _ (1 2 3 4 5 6 7 8 9 10)

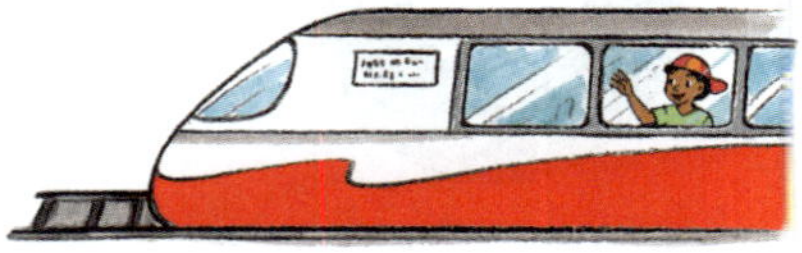

1

Paul **prend** la voiture.

Jeanne **prend** le ______________.

Louis **prend** ______ ______________.

Camille ______________ l' ______________.

Samuel ______________ ______ ______________.

2

Léo et son père **prennent** le ______________.

Noémie et Kenza **prennent** ______ ______________.

Julien et Zoë ______________ le ferry.

3

Je **prends** ______________ ______________________________.

1

2

 Noémie, tu vas _ _ _ _ _   _ _ _ _ _ _.

 Louis, tu vas _   _ _ _ _ _ _.

 Jeanne, tu vas _   _ _ _ _ _ _.

Léo, _ _ _ _ !

3

Victor, tu vas à gauche. Ensuite, tu vas __ __________. Puis, tu vas __ __________. Tu vas __ __________ et encore une fois __ __________. Puis, tu vas __ __________ et ________ ________. Et stop !

1

Vous allez tout droit. Ensuite, vous allez à droite. Puis, vous allez à gauche.
Vous allez tout droit et voilà : le bateau !

2

3

directions
jeu de rôle

1

2

Samuel, monte dans le train, s'il te plaît !

Zoë, descends du __________, s'il te plaît !

Noémie, __________ dans _____ __________, s'il te plaît !

Camille, __________ dans l' __________, s'il te plaît !

Jeanne, __________ de _____ __________, s'il te plaît !

Léo, __________ dans _____ __________, s'il te plait !

1

2

Bonjour, Madame.

Bonjour. Est-ce que je peux vous aider ?

Je voudrais ______ __________ pour Paris pour deux enfants, s'il vous plaît.

______ __________ **cent** euros.

Voilà.

Merci. __________ le billet.

__________. Au revoir __________.

De rien. ______ __________.

acheter un billet
jeu de rôle

1

2

Madame Blanc : ________________ Robert. C'est la ______________ de ______________ du CM1. Comment _______ _______ ?

Robert : Ça va ___________, merci.

Kenza : _____________________ Robert. Ça _______ ?

Robert : ___________, ça va, ______________.

Jeanne : ______________ Robert. Tu _______ d'où ?

Robert : Je ______________ de La Réunion. C'_________ une île.

Léo : ___________ Madame Blanc, la prof. _________ est très ____________.

1

2 Robert veut écrire un émail à son ami Philippe :

philippe_gaston@yahoo.fr

Bonjour !

__________ Philippe !

Comment ______ ______ ? Moi, ça va __________.

Je suis en CM1. Ma prof s'appelle __________ Blanc.

__________ est très __________.

A l'école, je sais écrire, __________, __________,

__________ et __________.

Mais je ne sais pas __________ jusqu'à 100.

A bientôt, Robert

1

0
20
30
40
70
80
50
60
90
100
quatre-vingt-dix
zéro
cent
quatre-vingts
vingt
cinquante
quarante
soixante
trente
soixante-dix

1

2

vingt + ________ = cinquante

soixante + dix = ________

quarante + ________ = quatre-vingts

quatre-vingt-dix + ________ = cent

nombres 0 à 100
dialogue : « 20 plus 30, ça fait combien ? »

1

Il y a une fête chez Robert !

Pourquoi ? — Parce que c'est mon anniversaire !

C'est quand ? — C'est samedi à trois heures !

C'est où ? — C'est chez moi !

Bisous, Robert

Mon numéro de téléphone, c'est le 04.30.40.18.80.

Mon numéro de portable, c'est le 06.50.20.11.15.

2

Louis : Il y a ______ ________ !

Jeanne : Pourquoi ?

Louis : Parce que c'est l' ______________ de Robert.

Kenza : C'est ______________ ?

Louis : C'est ______________ à __________ heures.

Paul : ___' _______ _______ ?

Louis : ___' _______ chez Robert.

3

Quel est ton numéro de téléphone ?

Mon numéro de téléphone, c'est le ______________________________.

1

lundi	mardi	mercredi	jeudi	vendredi
mathématiques	français	anglais	français	arts visuels
		la récréation		
français	sciences	mathématiques	éducation musicale	français
		l'heure du déjeuner		
histoire	éducation physique et sportive		anglais	géographie

2

Mon jour préféré, c'est le jeudi parce que ma matière préférée, c'est l' a _ _ l _ _ _.

Mon jour préféré, c'est le ________ parce que ma matière préférée, c'est l' h _ _ _ _ i _ _.

Mon jour préféré, c'est le ________ parce que ma matière préférée, c'est le f _ _ _ _ a _ _.

Mon jour préféré, c'est le ________ parce que ma matière préférée, c'est les a _ _ _ v _ _ _ _ _ _.

Mon jour préféré, c'est le ________ parce que ma matière préférée, c'est les m _ _ _ é _ _ _ _ _ _ _ _.

3

1

Louis prend ______ ____________.

Paul prend ______ ______________.

Léo prend ______ ____________.

Camille prend l' ____________.

2

Tu vas ____________ ____________. Ensuite, tu vas ___ ____________ et tu vas ____________ ____________. Puis, tu vas ___ ____________ et tu vas encore une fois ___ ____________.

3

b	v	c	n	x	l	a	c	f	y	a	s	h	d	k	d	s	m
d	b	a	u	p	l	s	e	k	p	s	w	q	o	e	c	o	v
c	n	t	o	o	v	i	n	g	t	j	e	i	p	r	t	i	b
e	l	r	k	e	g	x	t	r	u	c	m	x	m	i	e	x	o
t	q	e	l	r	j	a	l	r	v	c	n	m	l	k	r	a	p
n	e	n	m	w	b	q	u	a	r	a	n	t	e	c	e	n	u
j	r	t	n	b	r	x	o	r	c	n	z	r	o	p	m	t	s
t	z	e	c	c	i	n	q	u	a	n	t	e	c	n	o	e	r

20 = vingt　　30 = ____________　　40 = ____________

50 = ____________　　60 = ____________　　100 = ____________

4

Ma matière préférée, c'est ________________________________.

Qu'est-ce qu'il y a en France ?

1

2

Le ________________ français est bleu, blanc et rouge.

Le jeu de ______________ est très populaire en France.

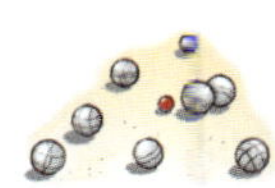

Le __________ est le symbole de la France.

La __________ __________ est à Paris.

Le __________ ____________ est un chapeau français.

1

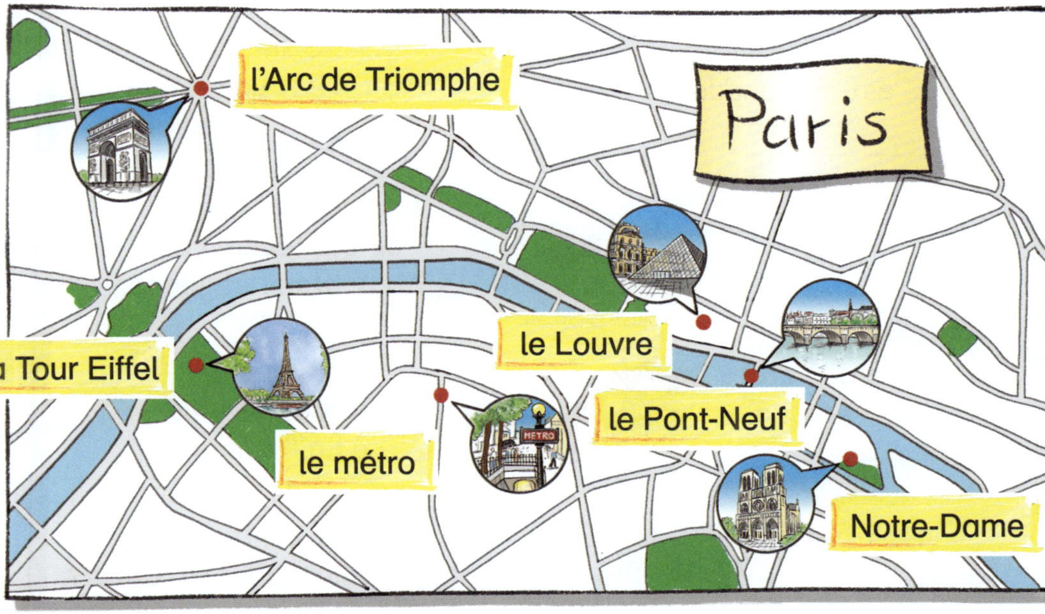

2

Je prends une photo de la T _ _ _ E _ _ _ _ _ .

Je prends une photo de l' A _ _ de T _ _ _ _ _ _ _ .

Je prends une photo de N _ _ _ _ - D _ _ _ .

3

Je dessine le m _ _ _ _ .

Je dessine le L _ _ _ _ _ .

Je dessine le P _ _ _ - N _ _ _ .

Qu’est-ce qu’il y a au Québec ?

1

Je suis du **Québec**. C’est au Canada.

Voilà le drapeau du Québec. Il est **bleu** et **blanc**.

Il y a des **élans** au Québec.

Je parle **français** et **anglais**.

Je suis de **La Réunion**. C’est une île de l’océan Indien.

Le drapeau régional de La Réunion est **bleu, blanc** et **jaune**.

Il y a des **tortues géantes** à La Réunion.

Je parle **créole réunionnais** et **français**.

2

	le Québec	**La Réunion**
Le drapeau est …	bleu et ________	________, ________ et ________
Il y a …	des ________	des ________ ________
Je parle …	f________ et ________	________ ________ et f________

1

Je suis d'Algérie. Le drapeau est blanc, __________
et __________. Je parle arabe et français.

Je suis de Belgique. Le drapeau est __________,
__________ et __________. Je parle français, allemand et flamand.

Je suis de Guadeloupe. Le drapeau est __________,
__________ et __________. Je parle créole et français.

Je suis du Sénégal. Le drapeau est __________,
__________ et __________. Je parle wolof et français.

Je suis de Suisse. Le drapeau est
__________ et __________. Je parle français, allemand et italien.

2

Je suis ____ .

Le drapeau est ____ .

Je parle ____ .

1

2

L' hippopotame vit dans l' eau.

Le poisson vit aussi ____________ l' __________.

Le singe vit ____________ la jungle.

Le serpent __________ aussi ____________ ______ ______________.

L' éléphant __________ ____________ la steppe.

Le zèbre __________ aussi ____________ ______ ______________.

1

la gazelle

le papion

l' hyène

le boa

La gazelle vit au Sénégal.

L' ___hyène___ vit ___aussi___ au __________.

Le __________ vit ___aussi___ au __________.

Le __________ vit __________ au __________.

2

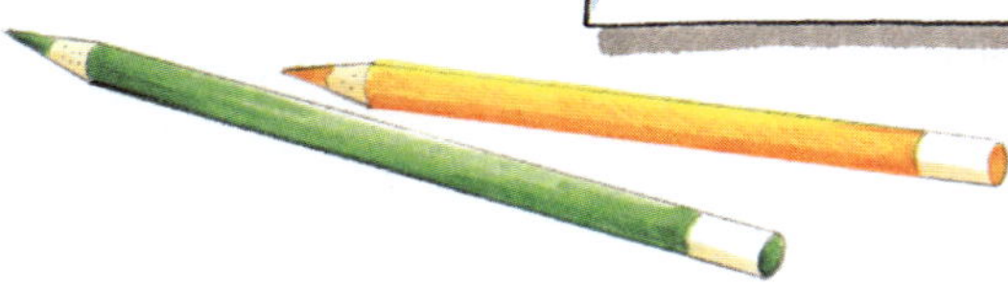

______________________________.

______________________________.

______________________________.

1

2

Léo porte un boubou large et ______ ____________ long.

Karim porte ______ ____________ et des ____________ de ____________.

Camille porte ______ ________ ________________ et ______ ____________ sur la tête.

Noémie porte ______ ________ , ______ chemisier et ______ ____________.

1

2

Le boubou de Léo est l a r g e. 

Le pantalon de Léo est _ _ _ _. 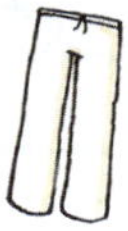

La robe de Camille est _ _ _ _ _ _ _ _ _ _. 

3

Le lion est _ _ _ _ _ _ _ _ _. 

Le singe est _ _ _ _ _. 

Le zèbre est _ _ _ _ _ _. 

4

Le boa est ____________. 

Le foulard de Camille est __________, __________ et ________. 

Le chemisier de Noémie est ____________. 

1

2

Bonjour.

_____________, est-ce que je _____________ vous aider ?

Oui, _____ _______________ une carte postale.
Ça fait _____________ ?

Ça _________ deux ___________.

V _________.

M ___________.
Voilà la ___________ postale.

Merci. Au ___________.

Au _______________,
___________ ____________.

1

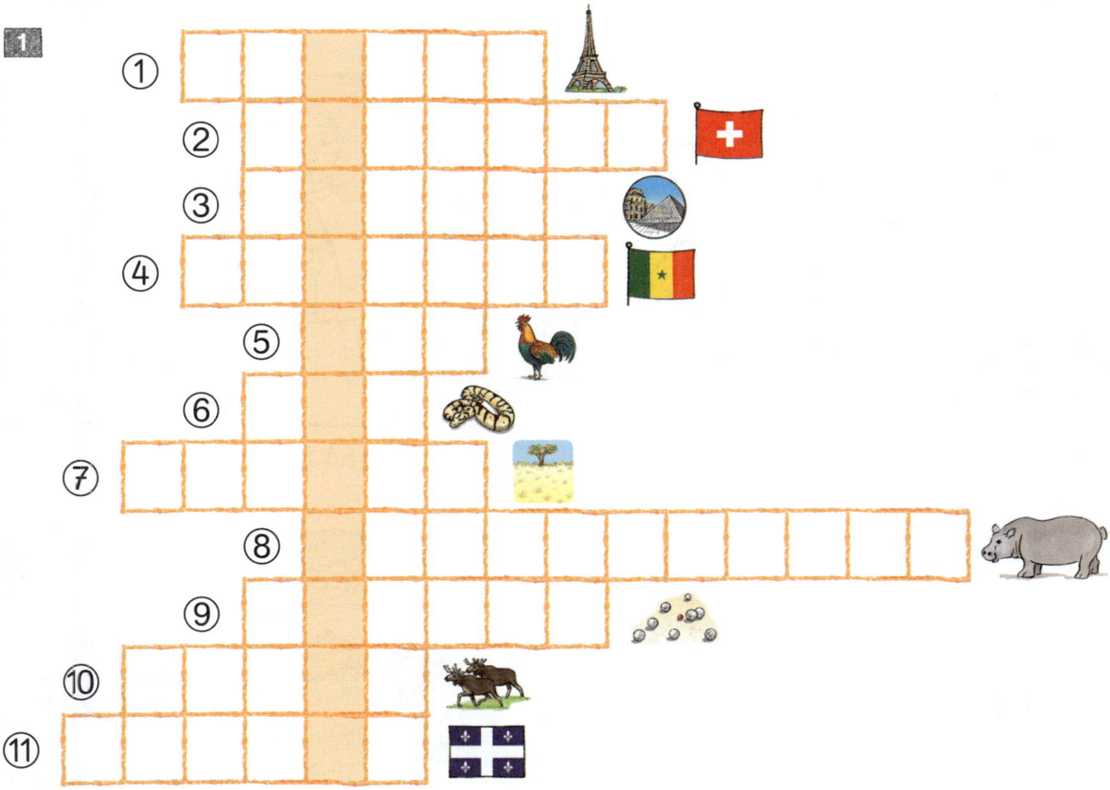

① La Tour … est à Paris.
② Le … de la Suisse est rouge et blanc.
③ Le Louvre est à …
④ La gazelle vit au …
⑤ Le … est le symbole de la France.
⑥ Le … vit aussi au Sénégal.
⑦ Le lion vit dans la …
⑧ L’ … vit dans l’ eau.
⑨ Le jeu de … est très populaire en France.
⑩ Il y a des … au Canada.
⑪ Noémie est du …

2

le monde

1	2	3	4	5	6	7	8	9	10	11

1

Le jeudi saint, **les cloches** vont à Rome.

Le Pape bénit les cloches.

De retour en France, les cloches font tomber **les œufs en chocolat**.

Le dimanche de Pâques, **les enfants** cherchent les œufs en chocolat.

2

les c __ __ __ h __ __
(1 sous la 2e case ; 5 et 4 sous les deux dernières)

le __ __ p __
(7 sous la 1re case ; 2 sous la dernière)

les œ __ __ __ en c h __ __ __ __ __ __
(3 sous la 1re case après œ ; 6 sous la 3e)

les __ __ f __ __ __ __
(8 sous la 1re case ; 9 sous la dernière)

3

J __ y __ __ __ __ __ __ â q u __ __ !
1 2 3 4 5 6 7 8 9

1

2

_ _ _ _ _ f _ _ _ d u _ _ _ _ _ _ !
1 3 5 11

_ _ n _ _ _ ê _ _ _ _ t _ o _ _ _ _ !
2 4 8 9

P _ _ _ _ o _ d' _ _ _ _ _ !
6 12 10 7

3

_ _ _ _ _ _ _ _ c _ _ c _ _ !
1 2 3 4 5 6 7 8 9 10 11 12

1 Il y a …

① un ____________.

② ______ ____________.

③ ______ ____________.

④ ______ ____________.

⑤ ______ ____________.

2 Qui fait tomber les œufs ?

⑥ ______ ____________

Il y a …

⑦ ______ ____________.

⑧ ______ ____________.

⑨ ______ ____________.

⑩ ______ ____________.

⑪ ______ ____________.

⑫ ______ ____________.

3 Les quatre saisons de l'année sont …

⑬ le ____________, ⑭ l' ____________,

⑮ l' ____________ et ⑯ l' ____________.

4 Il est quelle heure ?

⑰ ____ ________ ________

____________.

5 Il est où ?

⑱ Louis est ____________ l' eau.

⑲ Le drapeau est ____________ le toit.

6 Qu'est-ce qu'ils aiment faire ?

⑳ Léo aime ________ ______ ________.

㉑ Kenza aime ________ ______ ________.

㉒ Jeanne aime ________ ______ ______ ____________.